Wolfgang Sanden

Die Quote

Der Autor nimmt die wachsende Zahl an Quoten in vielen Bereichen des öffentlichen Lebens aufs Korn und treibt diese Versuche, »soziale Gerechtigkeit« mit moralischem Druck und allerlei gesetzlichen Mitteln herzustellen, satirisch auf die Spitze.

In Deutschland hat eine übergroße Tansania-Koalition ein Gesetz verabschiedet, nach dem Leitungspositionen im öffentlichen Dienst und bei Vereinen anhand eines Kriterienkatalogs zu besetzen sind. So spielen zum Beispiel Geschlecht, Alter und Herkunft eine herausragende Rolle. Ausführendes Organ ist die Agentur für Gleichstellung und Quotierung (AfGuQ), die es in jeder größeren Stadt gibt. Das computergestützte Auswahlverfahren führt – was die politisch Verantwortlichen erstaunlicherweise (?) überrascht – zwangsläufig dazu, daß sich in vielen Fällen nur wenige Personen für eine Stelle qualifizieren. Die Folge sind teilweise gravierende Fehlbesetzungen mit einhergehendem Qualitätsverlust in Behörden und Ämtern.

Ein kleiner Modell-Eisenbahn-Klub aus der Stadt Lischda muß wegen der Quotenregelung seinen gerade gewählten Vorsitzenden Fabian Flasch wieder aus dem Amt entlassen. An seine Stelle tritt nach langem Suchen die schöne Philippinin Maria Estrella, die zuvor noch nie etwas von Modelleisenbahnen gehört hat, sich aber erstaunlich schnell in die Materie einarbeitet. Daß sich Flasch in sie verliebt, darf man – zumal in einer Satire – erwarten. Da Liebe bekanntlich blind macht, sieht Fabian über Marias manchmal seltsames Verhalten großzügig hinweg. Was dahinter steckt und wohin unbedachte Quotenregelungen führen können, wird möglicherweise auch den Leser in Erstaunen setzen.

Wolfgang Sanden

Die Quote

Satire

Bibliografische Information der Deutschen Nationalbibliothek: Die Deutsche Nationalbibliothek verzeichnet diese Publikation in der Deutschen Nationalbibliografie; detaillierte bibliografische Daten sind im Internet über dnb.d-nb.de abrufbar.

Umschlaggestaltung: Matthias Sanden

Satz: Roland Reischl, www.rr-koeln.de

© 2019 Wolfgang Sanden

Herstellung und Verlag: BoD – Books on Demand, Norderstedt

ISBN 978-3-7494-6557-6

www.wolfgang-sanden.de

1

Sie stehen im kleinen, mit ausrangierten Möbeln vollgestopften Büro des Modell-Eisenbahn-Klubs Lischda. An den Wänden hängen zwei alte Zuglaufschilder aus Emaille, eine Signalkelle mit der roten Scheibe zum Betrachter hin, eine Schaffnerpfeife und eine Schaffnermütze. Mitten auf dem halbhohen Schrank neben der Tür thront eine Zugschlußlaterne.

»Diese Idioten von der AfGuQ!« Wütend schlägt Herbert Malstein mit einem gefalteten Brief auf seine linke Handfläche.

»Herbert, beruhige dich doch.« Fabian Flasch stellt die neueste Anschaffung des Vereins, eine Schnellzug-Dampflokomotive der Baureihe 18 505 mit Schlepptender, vorsichtig auf den Schreibtisch zurück. Die hat er dem Verein gestiftet, weil dieser den stolzen Preis nach Einspruch des Kassenwarts Enzo Ramazotti nicht hat locker machen wollen.

»Hier, lies doch selbst!« Malstein streckt ihm das gräuliche, nun leicht angeknitterte Papier entgegen. Flasch entfaltet es und beginnt, halblaut zu lesen.

Wahl von Fabian Flasch zum Vorstandsvorsitzenden des Modell Eisenbahn Klub Lischda

Sehr geehrte Damen und Herren,

hiermit teile ich Ihnen mit, dass die Wahl von Herrn Fabian Flasch zum neuen Vorstandsvorsitzenden des Modell Eisenbahn Klub Lischda e. V. (MEKL) nicht rechtsgültig ist. Nach Abschnitt 8, § 37 des Allgemeinen Gleichbehandlungsgesetzes AGG muss jeder eingetragene Verein (e. V.) quotengerecht geführt werden. Dem trägt die Ersetzung einer männlichen Person durch eine ebensolche in keinster Weise

Rechnung. Daher ist eine Neuwahl zwingend erforderlich. Sie hat innerhalb der nächsten 3 Monate zu erfolgen.

Die Agentur für Gleichstellung und Quotierung (AfGuQ) hat den MEKL bereits im Mai dieses Jahres schriftlich aufgefordert, seine Vereinsführung AGG compliant zu machen. Dies hat bis zum Ende des Jahres zu geschehen, weil dann die vom Gesetzgeber eingeräumte Übergangsfrist abläuft. Vorsorglich weisen wir darauf hin, dass danach Verstöße gegen § 37 des AGG unwiderruflich zur Auflösung des Vereins führen.

Es wurde zudem anlässlich der Modellbahnausstellung des MEKL im Februar dieses Jahres festgestellt, dass die Anlage gegen Abschnitt 8, § 36 des AGG verstößt. Zur Elimination der Defizite wurde dem MEKL ein Timelimit bis zum 30. September dieses Jahres gesetzt. Bisher haben Sie die Implementation der Änderungsvorgaben noch nicht an die AfGuQ gemeldet.

Zur schnellstmöglichsten Klärung der angesprochenen Missstände und offenen Fragen lade ich hiermit zwei Vorstandsmitglied* des MEKL vor. Save the date: 8. August, 10.15 Uhr, AfGuQ-Center, Zimmer 401.

Sollte Ihnen die Wahrnehmung des Termins nicht möglich sein, vereinbaren Sie bitte spätestens eine Woche vorher mit mir einen Ausweichtermin.

Best regards
Luba Lukow
- Equal Opportunities Managerin -

An manchen Stellen wird er von Malstein unterbrochen, der sich zum Beispiel über *Timelimit, Save the date, Best regards* und den Gender-Stern mokiert.

»Können die nicht wenigstens Deutsch mit einem reden, der Quotenquatsch ist doch schon schlimm genug!« Als

Malstein bei der Bundesbahn anfing, und noch lange danach kannte man nur männliche Bahnhofsvorsteher, Fahrdienstleiter und Schaffner. Frauen saßen höchstens in der Fahrkartenausgabe.

»*Schnellstmöglichst* in einem amtlichen Schreiben ... Und bei *des Modell Eisenbahn Klub* fehlen zumindest die Bindestriche«, ergänzt der soeben amtlich abgesetzte 1. Vorsitzende.

Flasch findet Denglisch auch nicht schön, aber als Controller ist er noch ganz anderes gewöhnt; außerdem ist er mit seinen 41 Jahren entsprechend aufgewachsen. Für Herbert Malstein jedoch, den vormaligen 1. Vorsitzenden des Klubs, bedeutet die »neuhochdeutsche« Sprech- und Schreibweise eine Zumutung. Dabei ist der altgediente Fahrdienstleiter sicherlich kein Schöngeist, aber in der Schule – Realschule! – habe er noch richtiges Deutsch gelernt, wie er immer wieder gerne betont.

»Allgemeines Gleichbehandlungsgesetz, wenn ich das schon höre.«

Um zu verhindern, daß Malstein eine seiner gefürchteten Schimpfkanonaden folgen läßt, sagt Flasch schnell: »Herbert, am besten gehe ich mit Lotte Stiftlein zum Termin. Die Neuwahl wird bestimmt kein Problem sein, aber die geforderten Änderungen in unserer Anlage, die müssen wir nun sofort angehen. Da dürfen wir die Vorgaben der Behörde nicht länger ignorieren.«

»Wieso die Lotte und nicht ich? Ich würde dieser Lulu oder wie sie heißt mal ordentlich Bescheid sagen ...«

Nur sehr schweren Herzens hat Malstein nach mehr als 35 Jahren den Vorsitz seines heißgeliebten Vereins abgegeben, abgeben müssen, weil er die in der Vereinssatzung festgelegte Altersgrenze von 75 Jahren im März erreicht hat. Der einzige Trost: Fabian Flasch hat sich zur Kandidatur überreden lassen. Sein Sohn sozusagen, den er sich immer gewünscht hat. Seine Ehe ist leider kinderlos geblieben.

»Das wäre genau das falsche Vorgehen«, fällt ihm Fabian wieder ins Wort, »die Gesetze sind nun einmal so. Herbert, vergiß bitte nicht, du gehörst dem Vorstand nicht mehr an,

7

du bist nur noch einfaches Vereinsmitglied. Wir hätten uns vor der Wahl besser informieren müssen. Die Einhaltung der AGG-Bestimmungen wird akribisch überwacht. Wie du weißt, verstehen die da keinen Spaß.«

Nach dem alten Vereinsrecht waren privatrechtliche Vereine, anders als der Staat, nicht an den allgemeinen Gleichbehandlungsgrundsatz gebunden. Dies ist aber seit Januar Geschichte. Das neue Vereinsrecht folgt dem AGG-Gesetz, was insbesondere bedeutet, daß nun die Quotenregelung greift. Zwar bleibt ein Aufnahmezwang dem deutschen Vereinsrecht weiterhin fremd, und grundsätzlich steht es jedem Verein frei, die Kriterien für die Aufnahme neuer Mitglieder selbst zu bestimmen. Diese Aufnahmefreiheit soll Ausdruck der grundgesetzlich garantierten Vereinsautonomie sein. Aber durch geschickte Gesetzgebung kommt der Staat seinem Ziel schleichend näher: flächendeckende Gültigkeit des allgemeinen Gleichbehandlungsgrundsatzes, koste es, was es wolle. Beispielsweise geschieht dies durch eine klitzekleine Änderung der steuerlichen Begünstigung eingetragener Vereine: Wer keinen gemischten Mitgliederbestand hat (das Gesetz spricht von Mitgliederinnen und Mitgliedern), muß seit neuestem Steuern zahlen – im Augenblick sind es 6,66% (aber das kann man bekanntlich schnell ändern).

Flasch seufzt. Da haben sie im Vorstand gepennt. Er will das Versäumnis nicht allein dem Herbert in die Schuhe schieben, auch er selbst als ehedem 2. Vorsitzender hat das alles auf die leichte Schulter genommen und nur zu gerne Malsteins Behauptung geglaubt, es werde schon nicht so heiß gegessen wie gekocht.

»Ha, wie beim Falschparken!« lamentiert Herbert Malstein.»Da kennen die auch keinen Spaß, da bist du dran, wenn du mit dem Auto bloß 30 cm in die Parkverbotszone hineinragst. Aber die Einbrecher lassen sie gleich wieder laufen. Komm, hör auf ...«

Er redet sich nun doch in Rage. In solchen Momenten gibt es nur zwei Möglichkeiten: bis zum bitteren Ende zuhören oder mit einem vorgeschobenen Grund die Flucht ergreifen.

Fabian Flasch krault sich ausgiebig seinen Vollbart, nimmt noch einmal die Dampflok in die Hand und wählt dann die zweite Alternative. »Ich werde gleich mal bei der Lotte vorbeifahren. Mach's gut, Herbert.«

Er wartet Malsteins Erwiderung gar nicht erst ab und verläßt das Büro. Ein Blick hinüber zum offenen Durchgang auf der linken Seite: die Modellanlage dahinter liegt im Dunkeln. Gleich darauf steht Flasch auf dem maroden Bahnsteig 1 des stillgelegten Bahnhofs Lischda-West. Das unscheinbare Gebäude, dessen patinagrüner Verputz häßlich abblättert, darf der Klub seit einigen Jahren gegen eine symbolische Miete nutzen.

2

Luba Lukow – sehr gute Freunde dürfen sie tatsächlich Lulu nennen, Kollegen tun es hinter vorgehaltener Hand, nicht selten spöttisch, auch – ist eine mittelgroße Frau, deren Alter man wegen der schwarz gefärbten langen Haare und des knallrot angemalten Mundes schwer einschätzen kann. Ihr resolutes Auftreten soll Kompetenz ausstrahlen und zudem zeigen, daß sie hier einzig und allein aufgrund überzeugender Leistungen sitzt. Erst mit 18 Jahren ist sie aus Bulgarien gekommen und hat sich beharrlich hochgearbeitet. Ihrer Aussprache und kleinen grammatischen Eigenarten hört man die Herkunft noch an, aber bei gesetzlichen Vorschriften, Formularen, dienstlichem Briefverkehr gibt es für sie keine sprachlichen Hürden mehr. Sie kennt sich aus!

Gerade erklärt sie den beiden MEKL-Vertretern durchaus freundlich, aber unmißverständlich, wo deren Versäumnisse liegen und was sie schleunigst zu tun haben. Dieser Fabian Flasch scheint beeindruckt, er wirkt sogar ein wenig eingeschüchtert. Von diesem Weichei hat sie also keine Widerborstigkeiten zu befürchten, die natürlich auch nutzlos wären, denn Gesetz ist nun einmal Gesetz. Diesen Termin unnötig in die Länge ziehen könnte viel eher seine Begleiterin, eine nachlässig blondierte, ziemlich dünne Mittfünfzigerin – bestimmt treibt die sich stundenlang im Fitness-Studio herum. Der verkniffene Mund, die vor der Brust verschränkten Arme und die abschätzenden, ja abschätzigen Blicke zwischendurch sind zumindest ein kleines Alarmzeichen. Aber so läuft das nicht mit einer Luba Lukow!

»Das AGG hat sich als Segen erwiesen. Ihnen als Frau brauche ich das nicht extra zu sagen«, versucht sie den vermuteten Widerstand der MEKL-Schriftführerin aufzuweichen.

»Aber das jetzt gültige AGG geht doch, wenn ich Sie richtig verstanden habe, weit über eine Frauenförderung hinaus. Sie reden von irgendwelchen Quoten, die wir nicht berücksichtigt hätten. Bei denen geht es offenbar längst nicht mehr nur um Frauen.«

»Frau Stiftlein, *nur* um Frauen, wie Sie so schön sagen, ist das nicht ungerecht und für alle anderen diskriminierend? Nehmen wir Herrn Flasche ...« Auweia, Freud läßt grüßen. »Tschuldigung. Wollen Sie Herrn *Flasch*, mit dem Sie sicherlich vertrauensvoll zusammenarbeiten, keine Gerechtigkeit ...« Sie sucht nach dem passenden Wort. »Also, auch er hat schließlich Anspruch auf gerechte Behandlung.«

»Und deshalb ist meine Wahl ungültig«, meldet sich Flasch nun doch mit allem Sarkasmus, dessen er fähig ist.

Die *Equal Opportunities Managerin* macht dieser unerwartete Einwurf tatsächlich für Augenblicke sprachlos. Sieh an, will der Bartträger, durch das schlechte Beispiel der dürren Ziege ermuntert, am Ende doch noch aufmüpfig werden?

Luba Lukow wird sehr amtlich. »Ich wiederhole es ungerne, und Drohungen sind nicht mein Ding. Aber Abschnitt 8, Paragraph 37, verlangt, daß der Eisenbahn-Klub einen quotengerechten Vorstand hat. Bei Zuwiderhandlung wird der MEKL aufgelöst. Da reißt die Maus keinen Faden ab.«

»Genügt es denn, eine Frau zur Vorstandsvorsitzenden zu wählen? Sind wir dann auch wirklich quotengerecht aufgestellt?« will Fabian Flasch wissen.

»Sie haben ...« Luba Lukow schaut auf ihren Bildschirm. »Der Vorstand besteht im Moment aus dem 2. Vorsitzenden, das sind Sie, aus der Schriftführerin Stiftlein, auch hier anwesend, und dem Kassenwart Enzo Ramazotti. Der hat sicherlich italienische Wurzeln. Das ist gut für den Klub, wenn es auch nach neuester Gesetzeslage noch nicht ausreicht. Mit einer weiblichen Vorsitzenden wäre immerhin die Frauenquote erfüllt. Aber wie Sie wissen, sind noch an-

11

dere gesellschaftlich relevanten Gruppen angemessen bei der Vergabe öffentlicher Stellen zu berücksichtigen. Seit diesem Jahr gilt dies nun auch für Vereine. Jede dieser Gruppen wird durch ein bestimmtes Merkmal definiert. Frau, Mann, Alter, EU-Ausländer, Nicht-EU-Ausländer, Region und so weiter und so fort. Der Katalog enthält zur Zeit sieben Merkmale und kann bei Bedarf erweitert werden. Die Quoten für die einzelnen Gruppen werden jährlich durch die Agentur auf Empfehlung eines wissenschaftlichen Beirats festgelegt.«

Daß zur Bestimmung der Quoten nicht nur die Gruppenstärke hinzugezogen wird, sondern politische Gesichtspunkte dabei eine erhebliche Rolle spielen, läßt Frau Lukow unerwähnt, es würde jetzt sowieso nicht weiterhelfen.

»Aber wir vom Klub wissen doch gar nicht, wie eine quotengerechte Vorstandsvorsitzende aussehen muß.« Flasch hebt ratlos die Hände. Was diese üppige Frau in der lachsfarbenen Bluse da von ihrem Bürostuhl herab Lotte und ihm verkündet, verheißt nur weiteren Ärger mit der Agentur.

»Ganz ruhig. Alles gut.« Die Equal Opportunities Managerin schenkt den beiden Modelleisenbahnern ein verständnisvolles Lächeln. »Natürlich helfen wir Ihnen bei der Suche. Dafür ist die Agentur schließlich da. Sie haben recht, der betroffene Verein kann den zulässigen Personenkreis gar nicht kennen! Schließlich gelten die Quoten deutschlandweit, das heißt, auch die Basisdaten werden bundesweit erhoben, und sie ändern sich laufend. Damit ändern sich natürlich auch jedesmal die Quoten. Ist logisch, ne? Ein dynamischer Prozeß. Wir verwenden das Equal Opportunities Selection System EquOSS, ein superschlaues Programm, das uns real time bei der richtigen Auswahl einer Quotenperson supportet.«

Luba Lukow klickt mehrfach mit der Maus auf dem Bildschirm herum, wobei sie vor sich hinmurmelt.

»Hier haben wir ... Nein, warten Sie ... Gleich ...« Klick, klick, klick. »Ah, hier ... mh ... Augenblick ...« Klick, klick. »So, jetzt ...« Klick. »Genau! Das wollte ich haben.« Sie schaut die beiden zufrieden lächelnd über den Bildschirm an. »Jetzt gebe ich die Vereinsdaten ein.« Ihre kurzen, dicken Finger eilen über die Tastatur. »Und nun Enter gedrückt. Zack!« Stiftlein sieht Flasch von der Seite an und verdreht kaum merklich die Augen.

»Also ...« Frau Lukow überfliegt die Bildschirmseite. »Futter bei die Fische! Ihr Klub kann aus folgendem Pool auswählen.« Eine Pause macht's noch einmal spannend. »Das System sagt: eine Frau zwischen 30 und 40 Jahren, Migrationshintergrund Südostasien.«

»Das ist alles?« entfährt es Lotte Stiftlein. »Ich dachte, wir würden Konkreteres erfahren. Einen Namen, oder so.«

»Einen Namen dürfte ich Ihnen aus Datenschutzgründen gar nicht nennen. Das EquOSS läßt Ihnen bei der Auswahl einen gewissen Spielraum, das ist doch gut, ne? Der Gesetzgeber hat die Vereinsautonomie nämlich gar nicht abgeschafft. Das wird lediglich in gewissen Zeitungen behauptet. Nur die übliche Propaganda.« Lukow verzieht das Gesicht.

»Wenn ich mir die Kriterien so anschaue, frage ich mich doch, ob wir die überhaupt erfüllen können.« Fabian Flasch wird langsam ungehalten. Die bei der Agentur spinnen wohl!

»Das ist doch behämmert«, spricht Lotte Stiftlein seinen Gedanken unverblümt aus. »Wir finden in Lischda bestimmt eine Asiatin zwischen 30 und 40, und vielleicht kommt die sogar aus Thailand oder Indonesien. Aber die will garantiert nicht die Vorsitzende unseres Klubs werden. Frauen interessieren sich meistens nicht so doll für Modelleisenbahnen.«

»Aber Sie sind doch das beste Gegenbeispiel«, kontert Luba Lukow. »Außerdem sind das Vorurteile. Frauen sind nur deshalb nicht so an technischem Spielzeug interessiert, weil es ihnen nicht anders beigebracht wurde.« Hat sie früher nicht selbst auch gerne mit Puppen gespielt? Ja, aber bei ihr ist es noch einmal gut gegangen, sie hat sich nicht dressieren lassen.

»Daß ich mich für Eisenbahnen interessiere, ist kein Zufall, liebe Frau Lukow. Ich stamme nämlich sozusagen aus einer Eisenbahnerdynastie. Mein Großvater war Bahnhofsvorsteher in Buxtehude, mein Vater hat es sogar zum Bahnhofsvorsteher in Bremen gebracht, bei uns zu Hause gab es eine Modellanlage, die immer zu Weihnachten aufgebaut wurde. Ich habe sehr gerne damit gespielt, was ich mir allerdings bei meinen beiden Brüdern hart erkämpfen mußte. Meine Tochter hingegen hat viel lieber mit Puppen gespielt – und später Informatik studiert.«

»Buxtehude!« Lukows Lachanfall läßt ihre beachtliche Oberweite in Schwingungen geraten. »Ist Buxtehude im Deutschen nicht ein Witzort, den es gar nicht gibt?«

»Und ob Buxtehude existiert!«, ruft Lotte Stiftlein empört. »Das liegt bei Hamburg, und ich bin schon oft dort gewesen.«

»Tschuldigung.« Die Managerin deutet eine beschwichtigende Geste an. »Sie haben übrigens drei Monate Zeit, eine passende Person zu finden. Auch hierbei wird die Agentur Ihnen helfen. Und zwar mit einer Art Stellenausschreibung. Ich werde das nachher gleich mit den ermittelten Daten in die Wege leiten. Sie werden sehen, an Interessentinnen wird es nicht fehlen. Seien Sie aber mit denen nicht zu streng. Die Vorsitzende muß ja keine Superexpertin sein. Der MEKL ist schließlich kein Wirtschaftsunternehmen. Sie werden ihr schon das nötige Wissen beibringen. Und wenn nicht«, sie zwinkert den beiden zu, »ist das auch kein Beinbruch. Ich habe das Gefühl, daß Sie den Klub aus der zweiten Reihe gut steuern können.«

Quote vor Qualifikation, ob das auch an anderer Stelle gilt, denkt Fabian Flasch und schaut unwillkürlich zur Lukow hinüber. Eigentlich ein bißchen zu Unrecht, korrigiert er sich im nächsten Moment. Auch wenn sie ihm gegenüber spürbar Vorbehalte hat, scheint sie kompetent. Da gibt es ganz andere in viel verantwortungsvolleren Positionen ...

Die Lukow nimmt wieder das Wort. »Wir müssen leider noch über Ihre Modellanlage im Bahnhof Lischda-West sprechen. Unsere Prüfer haben am Tag der offenen Tür einige Verstöße gegen Paragraph 36 feststellen müssen, die

Ihnen im März schriftlich mitgeteilt wurden. Hat der Klub die Mängel inzwischen beseitigt?«

»Ehrlich gesagt verstehen wir nicht, wogegen wir eigentlich verstoßen. Im Vorstand haben wir lange darüber diskutiert und ...«

»Was gibt es da zu verstehen?« wird Flasch von der Frau hinter dem Schreibtisch unterbrochen. »In dem Mahnschreiben ist doch alles aufgelistet. Moment, ich rufe das Schreiben mal auf.«

Die Liste, ja, die Liste. Über die hat sich Herbert Malstein tierisch aufgeregt. Was werde da nicht alles moniert: die Zigarettenreklame an der Litfaßsäule, zu wenig weibliche Figürchen, keine Personen mit sofort erkennbarem Migrationshintergrund, keine Kopftücher, kein Minarett, keine Synagoge, nur männliche Eisenbahner. Die Anlage sei Privatsache des Vereins, hat Herbert gebrüllt, und keine politische Veranstaltung. Das sei Gesinnungsterror, dem er nicht weichen werde. Modellanlagen hätten schon immer so ausgesehen, und plötzlich sei das gesetzeswidrig. Wo sie denn lebten?

»Sie brauchen gar nicht nachzusehen«, sagt Fabian Flasch. »Ich kenne den Inhalt.«

»Und warum haben Sie bis heute nichts geändert? Sie waren doch zwischendurch sogar der Vorsitzende, wenn auch gesetzeswidrig«, bemerkt Luba Lukow spitz.

»Unsere Anlage ist über Jahre gewachsen, und noch nie hat jemand daran Anstoß genommen«, ergreift Lotte Stiftlein das Wort. »Außerdem sind wir darauf angewiesen, was die Hersteller anbieten. Es gibt nicht jede beliebige Figur.«

Equal Opportunities Managerin Lukow schaut einen Moment angestrengt vor sich hin. Dann sagt sie: »Nun gut, ich verlängere die Frist bis zum Ende dieses Jahres. Erst die Suche der Vereinsvorsitzenden. Dann ist aber endgültig Licht im Schacht.«

»Danke«, kommt es wie aus einem Mund.

»Aber eines machen Sie sofort, und das ist wirklich kein Akt.« Lukow fuchtelt mit dem rechten Zeigefinger in der

Luft herum. »Ändern Sie fürs erste den Namen des Hauptbahnhofs in ... in ... Biederstadt.« Ein leichtes Grinsen. »Denn in Lischda sieht es nun einmal ganz anders aus.«

Auf Lottes Vorschlag hin sitzen sie jetzt im »Rathaus-Café« und lassen das Gespräch mit der Equal Opportunities Managerin noch einmal Revue passieren. Flasch trägt auf diese Weise sein Überstundenkonto weiter ab, Lotte hat sich sowieso einen halben Tag im Anwaltsbüro freigenommen. »Mit den Redewendungen hat es unsere pfundige Dame ja nicht gerade«, macht sich Fabian lustig. »*Licht* im Schacht, *Futter* bei die Fische ...« »Nicht unoriginell, das muß der Neid ihr lassen. Auch so ergeben die Sprüche einen Sinn.« Lotte schiebt sich ein Stück Schwarzwälder Kirsch in den Mund. »Aber wir können noch so viel über sie spotten, sie hat das Sagen – da *beißt* die Maus keinen Faden ab.« Beide lachen.

Fabian Flasch probiert vorsichtig, ob sein Cappuccino immer noch so heiß ist. Auf Kuchen verzichtet er – in letzter Zeit hat er zugelegt. »Glaubst du daran, daß die Agentur eine passende Frau finden wird?«

»Eher nicht.«

»Aber dann sind wir doch spätestens im November erledigt. Was ist denn das für ein Gesetz, das Unmögliches von einem verlangt? Wer denkt sich denn so etwas aus?«

»Wir hätten unbedingt danach fragen sollen, was denn passiert, wenn sich niemand melden sollte.« Lotte Stiftlein nimmt mit der Kuchengabel die letzten Krümel auf. »Den Hahn können sie uns doch nicht einfach zudrehen, wir sind ja zu allem bereit. Aber ich ahne schon, wie dann die Lösung aussehen würde. Lulu hat es ja bereits angedeutet. Im Zweifelsfall bekommen wir eine Vorsitzende aufs Auge gedrückt, die von Tuten und Blasen keine Ahnung hat. Hauptsache, dem Gesetz wird formal Genüge getan.«

»Vielleicht gibt's für solche Fälle aber auch eine Ausnahmeregel. Immerhin haben wir ja einen geschäftsführenden Vorstand.« Überzeugt klingt es nicht. »Bei unserer Anlage werden wir auf jeden Fall etwas machen müssen. Oh je, wenn ich daran denke, welches Theater der Herbert veranstalten wird. Nur Scherereien und eigentlich eine sinnlose Zeitverschwendung.« Wenigstens der Cappuccino schmeckt.

»Was auch immer man gegen die Dame in Lachs einwenden mag, hinsichtlich der Modellanlage hat sie uns netterweise eine Brücke gebaut. Den Namen auszutauschen, das ist doch schnell getan.«

»Es handelt sich höchstens um einen schmalen Steg. Außerdem hat sich die Lukow über uns lustig gemacht: Biederstadt. So schätzt die uns nämlich ein. Ich wette, noch vor Ende des Jahres werden die überprüfen, ob wir sämtlichen Auflagen nachgekommen sind.« Flasch erhebt sich. »Entschuldigung, ich bin gleich wieder da.«

Lotte Stiftlein schaut ihm nach, bis er hinter der Toilettentür verschwunden ist. Sie mag Fabian. Ein guter Junge, der mit ganzem Herzen am Klub hängt. Sie hätte sich ihn ganz gut als Schwiegersohn vorstellen können. Aber ihre Tochter hat damals, nach einem Kuppelversuch, nur abgewinkt. »Weißt du, Mama«, so ihr vernichtendes Urteil, »wenn er im Bett so unterhaltsam ist wie gestern abend im Lokal ... Nein, da habe ich doch andere Ansprüche.« Lotte ist froh gewesen, daß Nadine dies nicht weiter präzisiert hat.

Sie holt ihr Händi aus der Handtasche und schaltet es ein. Als erstes werden die neuesten Meldungen angezeigt. Die Überschrift *Neue Partei gegen Quotenwahn* springt ihr ins Auge. Sie beginnt zu lesen, aber da ist Fabian auch schon wieder zurück.

»Hier«, hält sie ihm das Händi hin, »wir sind nicht die einzigen, denen die Quote auf den Keks geht.«

17

3

»Das ist keine gute Idee, Paula, wirklich nicht.« Kanzler Kalle Maneger wirft seinen Füllfederhalter vor sich auf den Schreibtisch. Das sogenannte Küchenkabinett hat sich zur montäglichen Besprechungsrunde im Kanzlerbüro zusammengefunden. Gerade diskutiert es den neuesten Vorstoß des grünen Koalitionspartners, auch für Regierungsämter Quoten einzuführen. Vor dem Schreibtisch sitzen neben Kanzleramtsministerin Paula Neumüller die Leiterin des Planungsstabes Ines-Mercedes Holterkamp-Ruiz, der persönliche Referent Andreas Mücklich, die stellvertretende Vorsitzende der Regierungspartei Ariane Etekar und die Ständige Beraterin Thea Winterborn.

»Ich habe ja nicht gesagt, daß wir das sofort eins zu eins übernehmen müssen. Aber nachdenken sollten wir darüber schon, Kalle. Wir können doch nicht beim öffentlichen Dienst Quoten durchsetzen und diese demnächst auch von der Privatwirtschaft verlangen, während die Regierung ...«

»Das ist doch aber was völlig anderes, Ariane. Wenn wir dem Vorschlag folgen, werden die Ministerposten am Ende per Zufall vergeben und nicht nach Eignung. Wer kann und will das verantworten?«

Maneger – in der Presse und von Kabarettisten wird sein Name häufig zu Manager verballhornt, einmal in lobender, dann wieder in spöttelnder Absicht – ist gerne Kanzler, obwohl er die Tansania-Koalition mehr moderiert als führt. Ihm graut vor dem Gedanken, er müßte irgendeinem inkompetenten Quotenmenschen – dieses Wort darf er natürlich nur ganz vorsichtig *denken*, denn es wurde vor zwei Jahren zum Unwort erklärt – kampflos das Feld überlassen. Schon der Proporz, der bei Regierungsbildungen einzuhalten ist – Geschlecht, Landesverband, Alter, Ost oder West,

Verdienste um die Partei – bedeutet einen Drahtseilakt und geht, so ehrlich muß man im Stillen sein, auf Kosten der Qualität. Kalle ist übrigens kein Spitzname, nein, so ist es im Geburtsregister eingetragen. Seine Mutter ist eine begeisterte Leserin von Astrid Lindgren gewesen.

»Was gibt's da zu grinsen, Andreas?«

»Nichts zur Sache«, winkt der persönliche Referent schnell ab. Er hat beim Loblied auf die besondere Eignung für ein Regierungsamt bloß an die eine Ministerin oder den anderen Minister denken müssen.

»Auch aus strategischer Sicht ist das ein no-go«, schaltet sich Thea Winterborn ein. Die taffe Mitvierzigerin, Schildpatt-Brille, kastanienbraune Kurzhaarfrisur, grauer, weit geschnittener Hosenanzug, berät Maneger seit Beginn seiner Kanzlerschaft vor 30 Monaten. »Die key economy lehnt ein weiteres roll-out der Quote ab, das gefährde ihr business und sei zudem ein Eingriff in die unternehmerische Freiheit.«

»Das ist Jammern auf hohem Niveau«, entgegnet der Kanzler. »Die Frauenquote bei den Aufsichtsratsposten war für die zuerst auch Teufelszeug – und jetzt?«

»Ja, im Aufsichtsrat ... Aber beim operativen Geschäft sieht es etwas anders aus.« Mücklich streicht sich mit der rechten Hand über seinen kahlgeschorenen Schädel. Er hat ein paar Jahre in der Industrie gearbeitet. »Zumal die heute praktizierten Quoten nicht mehr nur der Erhöhung des Frauenanteils in Führungspositionen dienen, sondern deutlich darüber hinausgehen.« Ganz entfernt klingt eine sächsische Sprachfärbung des gebürtigen Leipzigers an.

»Die challenge dabei ist nicht so sehr das Heranziehen weiterer Kriterien, sondern die Schnittmenge aller requests. Je mehr Mengen ich habe, umso kleiner wird normalerweise ihre Durchschnittsmenge. Schlimmstenfalls hat man es mit der leeren Menge zu tun. Das ist Mathematik 7. Klasse Gymnasium«, klärt Winterborn auf. »Bei dieser Art selection kann die quality eventuell auf der Strecke bleiben.«

Die anderen verdrehen die Augen. Muß die Thea ihr profundes Wissen denn zu jeder Tages- und Nachtzeit heraushängen lassen? Zugegeben, ihre analytischen Fähigkeiten sind beachtlich, und sie denkt die Dinge vom Ende her. Aber trotzdem ...

»Hoffentlich.«

»Hoffentlich – wie meinst du das, Andreas?« Kalle Maneger ist etwas irritiert.

»Ich meine, hoffentlich trifft das mit der 7. Klasse heute noch zu.«

Jemand lacht.

»Ich möchte euch alle herzlichst bitten, bei der Sache zu bleiben«, strafft der Kanzler die Zügel. »In einer Stunde muß ich nach Paris fliegen, und heute abend habe ich auf dem Landesparteitag in Schwerin noch eine Rede zu halten. Apropos – Ariane und Andreas, ihr habt meinen stichwortartigen Entwurf ausgearbeitet?«

Die Angesprochenen nicken. »Liegt drüben auf dem Tisch.«

»Es tut mir leid, Kalle, aber ich komme trotzdem noch einmal auf den Grünen-Vorschlag zurück. Die dicke Überschrift über dem Koalitionsvertrag heißt Gerechtigkeit, und ...«

Da fällt der Neumüller die Ständige Beraterin ins Wort: »Hold on, Paula. Schon einmal etwas von MuM gehört?«

Winterborn tippt auf ihrem Tablet herum. »Ich will euch mal was vorlesen: Neue Partei gegen Quotenwahn. Gestern fand in Dudenhofen der Gründungsparteitag von Maß und Mitte (MuM) statt. Die neue Partei, so ihre mit 88,8 Prozent gewählte Vorsitzende Waltraud Cramer, will sich unter anderem für das Ende politisch korrekter Rede, die der großen Mehrheit von einer radikalen Minderheit aufgezwungen werde, einsetzen, überhaupt für normales, unverbogenes Deutsch (kein Gender-Sprech, kein Denglisch) und zudem für einen jährlichen Wechsel der Reihenfolge bei der Anrede von Frauen und Männern im öffentlichen Raum. Insbesondere aber wolle man die Einführung von solchen Quoten verhindern, die das Gemeinwohl gefährden. Ende des Zitats.«

»Pah, total rückwärtsgewandt. Das ist das Projekt von alten, weißen Männern, die es immer noch nicht kapiert haben.«

»Immerhin haben die eine Vorsitzende, my dear«, beharrt Winterborn.

»Die berühmt-berüchtigte Alibifrau. Der Vorname Waltraud sagt doch schon alles«, winkt Ariane Etekar ab. Auf dem nächsten Parteitag will sie nach dem Vorsitz greifen. Hinter den Kulissen spinnt sie bereits an einem Netz von Unterstützern, pardon, Unterstützenden natürlich. Und vom Quotenargument soll am Ende der entscheidende Impuls ausgehen.

»Wir müssen uns nicht jetzt schon mit einer neuen Partei befassen, deren Zukunft völlig ungewiß ist. Konzentrieren wir uns lieber auf die wirklich wichtigen Aufgaben. Und was die Gerechtigkeit angeht«, sagt Maneger in Neumüllers Richtung, »diese Koalition hat eine umfassende Quotenregelung auf den Weg gebracht, deren Wirkung wir erst einmal abwarten müssen. Darüber waren sich doch alle Koalitionäre einig.«

Als nach einer knappen halben Stunde alle Punkte auf der Agenda abgehakt und die daraus resultierenden Aufgaben verteilt sind, beendet der Kanzler die Zusammenkunft, indem er sich erhebt und mit den Händen eine von einem »So, das wär's« begleitete Bewegung macht, die entfernt an das Wegscheuchen eines Hühnerhaufens erinnert.

Die stellvertretende Parteivorsitzende bittet er, noch auf ein Wort zu bleiben. Auch Mücklich hält sicherheitshalber für einen Moment inne, trottet dann aber den anderen hinterher.

»Ariane, noch einmal zu MuM. Meine Devise lautet auch diesmal: vorerst nicht beachten, aber beobachten. Was das für Typen sind, welchen background die haben. Die Forderungen, die die Winterborn da vorgelesen hat, riechen nach Deutschtümelei. Das wäre dann im Falle eines Falles ein guter Ansatzpunkt. Na, du weißt Bescheid. Wäre ja nicht das erste Mal, daß sich rechts von uns eine Partei etablieren will. Bisher vergeblich, wir haben ja zum Glück unsere Methoden.« Maneger grinst. »Nimm bitte in dieser Sache Kontakt mit den Koalitionspartnern auf und halte mich auf dem laufenden.«

»Kalle, wir müssen zum Flughafen!« Ines-Mercedes Holterkamp-Ruiz steht in der Tür zum Vorzimmer und zeigt auf ihre Armbanduhr.

»Okay, ich komme.« Trotz ihrer 51 Jahre immer noch eine verdammt attraktive Frau, geht es dem Kanzler unwillkürlich durch den Kopf, und dann diese makellosen Beine. Gerne würde er ihr wegen ihres Aussehens und der geschmackvollen Kleidung ein Kompliment machen – und nicht immer nur wegen der effizienten Leitung des Planungsstabes. Aber in heutigen Zeiten ist so etwas gefährlich, wie schnell kann man trotz lauterer Absichten auf einer der gefürchteten Macho-Listen landen, die in den asozialen Netzen kursieren. Das wäre das garantierte Ende seiner Kanzlerschaft.

4

Fabian Flasch befindet sich auf dem Heimweg vom Büro – und zwar zu Fuß. Das hat er in letzter Zeit sehr häufig machen können, weil der trockene Sommer in einen milden Herbst übergegangen ist. Während der knapp dreißig Minuten an frischer Luft gehen ihm immer verschiedenste Gedanken durch den Kopf, meistens drehen sie sich aber um den Klub.

In den zurückliegenden Wochen hat er viele Abende mit anderen Klubmitgliedern im Bahnhof Lischda-West zusammengesessen. Fast ausschließlich ist über die geforderten Veränderungen an der Modellanlage gesprochen, nicht selten laut gestritten worden. Dem von Luba Lukow gemachten Vorschlag, fürs erste einfach den Namen des Bahnhofs zu ändern, hat sich Herbert Malstein sofort angeschlossen (»Das kann man noch akzeptieren – und danach Ende Gelände«), aber den allermeisten ist klar gewesen, daß sie damit die Agentur auf Dauer nicht werden zufriedenstellen können. Doch wie weit anpassen, ohne in die Anlage, über Jahre durch unermüdlichen Einsatz von Zeit und Geld gewachsen, massiv einzugreifen und ihr so ein nicht beabsichtigtes Erscheinungsbild zu geben?

Die größte Sorge jedoch bereitet dem geschäftsführenden Vorstand die Tatsache, daß sie – wie befürchtet – noch keine Frau für den Vorsitz gefunden haben. Als Flasch das letzte Mal bei der Agentur angerufen hat – nicht die Lukow, sondern ein der Stimme nach jüngerer Mann ist am Apparat gewesen –, hat er endlich auch nachgefragt, was passieren werde, wenn man bis Ende November keine passende Kandidatin gefunden haben sollte. Dem etwas verlegenen Herumgestottere hat Flasch immerhin folgendes entnehmen können: Ja, vielleicht ist eine Fristverlängerung möglich. Aber halt, geht es vielleicht um den Modelleisenbahn-Klub

Lischda? Moment, bitte. Mh, laut EQuOSS hat der bis zum 30.11. Zeit. Ach so, das weiß man schon. Ja, dann. Wann Frau Lukow wieder zu sprechen ist? Nun, die hat man zur stellvertretenden Leiterin der AfGuQ-Geschäftstelle Lischda befördert. Doch ihr Nachfolger am anderen Ende der Leitung will sie in der MEKL-Sache ansprechen. Rufen Sie am besten in vier Wochen wieder an.

Fabian Flasch ist zu Hause angekommen. Er zieht das Schlüsseletui aus der Gesäßtasche und schließt die Haustür auf. Im Flur empfängt ihn der vertraute Geruch. Er wohnt mit seiner Mutter im Erdgeschoß des Vierfamilienhauses – seit der Geburt. Bundesbahnoberamtsrat Flasch ist kurz nach Fabians 20. Geburtstag an Lungenkrebs gestorben. Die Witwe hat die Dienstwohnung – drei Zimmer, Küche, Bad und Balkon, dazu eine Mansarde – bei noch über einen längeren Zeitraum günstiger Miete behalten dürfen. Es hat sich damals angeboten, daß der Sohn während des BWL-Studiums in seinem Kinderzimmer wohnen blieb – nicht zuletzt aus finanziellen Gründen, anfänglich aber auch, um den Verlust für die Mutter erträglicher zu machen. Wie so oft ist aus einer als vorübergehend gedachten Lösung ein für beide Seiten bequemer Dauerzustand geworden.

Die Mutter steht in der Küche und bereitet das Abendessen vor.»Fabian, du kannst schon mal den Küchentisch dekken. Wir essen in einer halben Stunde. Es gibt Gulasch.«

Während der Mahlzeit erzählt Fabian ausführlich von seiner Sorge um den Fortbestand des Modelleisenbahn-Klubs, auch wenn seine Mutter dazu nicht viel zu sagen hat, höchstens »Aber das Bergdorf mit dem hübschen Kirchlein, das bleibt doch hoffentlich?«. Wäre doch ihr Sohn, denkt sie, in die Fußstapfen seines Vaters getreten und zur richtigen Bahn gegangen, anstatt als Controller bei»Fisano« zu arbeiten, dann würde er jetzt nicht die gesamte Freizeit mit diesem Spielzeugkram verbringen. Über dieses Alter ist er doch eigentlich schon längst hinaus! Nach einer Frau sollte sich ihr Fabian endlich umsehen. Sie würde nämlich liebend gerne Oma werden.

»Weißt du, Memi«, das Kleinkindwort hat er über all die Jahrzehnte beibehalten, und die Mutter hört es immer noch gern, »weißt du, wenn unser Klub geschlossen würde, das wäre für viele eine Katastrophe.«
»Immerhin bleibt dir dann noch die Modelleisenbahn oben in der Mansarde. Damit kannst du machen, was du willst, da kann dir niemand reinreden.«
»Ja, aber die ist doch überhaupt nicht mit der großen Anlage zu vergleichen. Das ...« Moment mal, durchfährt es Fabian wie ein Blitz, was hat seine Mutter gerade gesagt? Da kann dir niemand reinreden ... Das ist doch die Lösung. »Mensch, Memi, du bist Gold wert.«
Er springt auf und drückt ihr einen Kuß auf die Wange. Sie schaut ihn groß an. »Kannst du mir bitte mal verraten, was dich plötzlich so euphorisch stimmt?«
»Ganz einfach, Memi. Wenn es mit einer Vorsitzenden nicht klappen sollte, dann privatisieren wir den MEKL einfach. Dann können die uns von der Agentur mal kreuzweise.«

Noch am selben Abend ruft Fabian Flasch nacheinander Lotte Stiftlein, Enzo Ramazotti und Herbert Malstein an. Aufgekratzt und hoffnungsvoll schildert er ihnen seine Idee. Das Echo ist gemischt. Wenn das klappen würde, das wäre ja wunderbar, freut sich Herbert. »Ich bin dabei, Fabian. Und wehe, die anderen legen sich quer ...« Lotte hingegen klingt ziemlich nüchtern: »Meinst du, das geht so einfach? Aber wenn, wäre das wirklich toll.« Enzos Reaktion ist zunächst sizilianische Begeisterung, die aber bald den Bedenken eines Kassenwartes weicht – Ramazotti bedient beileibe nicht das Vorurteil, Italiener seien lax im Umgang mit fremden Geldern: »Fabiano, was machen wir mit dem Klubvermögen, eh?«
Flasch verspricht, sich über die juristischen Details einer Vereinsauflösung zu erkundigen. Am nächsten Tag nimmt er per E-Post Kontakt zu seinem Klassenkameraden Dr. Michael Vogt, Rechtsanwalt und Notar in Lischda, auf.

Der meldet sich eine Woche später (»Entschuldige, aber ich habe im Moment wahnsinnig viel zu tun.«). Prinzipiell könne man natürlich einen Verein auflösen, was übrigens Liquidation genannt werde. Es sei dabei eine gewisse Reihenfolge einzuhalten: Beschlußfassung der Mitglieder wie in der Satzung festgelegt, Bestimmung eines Liquidators (»Das bliebe höchstwahrscheinlich an dir hängen.«), Bekanntmachung der Liquidation, Befriedigung der Gläubiger (»Haha, nicht, was du denkst. So heißt das nun einmal.«) und danach, ganz wichtig, die Aufteilung des Vereinsvermögens. »Schau mal in der Satzung nach, wie das geregelt ist. In eurem Fall nehme ich, daß das Vermögen auf die Mitglieder verteilt werden muß. Knifflig, knifflig.«

»Und was hältst du von der Idee, den Verein zu privatisieren, indem man bei der Liquidation das Vermögen, das ja hauptsächlich aus der Modellanlage besteht, zum Beispiel pro forma einer einzelnen Person zukommen läßt? So könnten wir der Quotenregelung entgehen. Und das ist schließlich unser Ziel!«

»Mensch, Fabian, seit wann bist du denn ein Bilderstürmer und Revoluzzer? Ich kenne dich doch als jemanden, der nichts Verbotenes tut. Das war schon in der Schule so. Du willst dich tatsächlich für so ein Hobby aus dem Fenster lehnen?« Der Spott in Vogts Stimme ist nicht zu überhören. »Weißt du, die Sache beginnt mir Spaß zu machen. Diese Scheißquoten bedeuten eine Negativauslese. Ein unmögliches Gesetz – auch wenn wir Rechtsanwälte gut daran verdienen. Es gibt jede Menge Klagen dagegen.« Er lacht wieder. »Aber du hast mich auf deiner Seite. Schick mir am besten eine Kopie eurer Satzung und ein paar Daten über den Verein. Mitgliederzahl, Geldbestand, Wert der Anlage und so weiter. Dann werde ich mal einen Mustervertrag zur Verteilung des Vereinsvermögens aufsetzen. Ohne Notar wird es sowieso nicht gehen. Ich werde euch aber beim Honorar entgegenkommen, keine Angst.« Und dann schiebt er noch einen Witz nach: »Weißt du, warum die verschärfte Quotenregelung zuerst bei den Behörden angewendet wird?

– Weil man beim Service den Unterschied zu vorher gar nicht bemerkt.«

Mit Unterstützung von Schriftführerin und Kassenwart stellt Flasch die geforderten Unterlagen zusammen, wobei die Wertbestimmung für die Anlage sehr, sehr grob ausfällt. Lotte macht übrigens darauf aufmerksam, daß sie für ihr Domizil im Bahnhof Lischda-West lediglich eine symbolische Miete zahlen. Im Falle einer Privatisierung sehe das vermutlich ganz anders aus, eine Privatperson müsse garantiert viel mehr zahlen. Unter Umständen würde ihr sogar gekündigt. Was dann?

Mit jedem Tag, der ergebnislos verrinnt, steigt Fabians Nervosität. Der Notar läßt sich Zeit – klar, ein Mandat brächte ihm angesichts der in Aussicht gestellten Honorarminderung wohl nicht so viel ein (Vogt konnte schon in der Schule sehr gut rechnen). Und Lottes Hinweis hat Fabian Flasch ziemlich verunsichert. Mit Lischda-West besitzt die Agentur womöglich ein Druckmittel. Auch wenn die Bahn formal privatisiert wurde – der Bund hat als Hauptaktionär dort das Sagen und würde zur Durchsetzung der Quotenregelung der AfGuQ garantiert Amtshilfe leisten – leisten müssen.

Nachts quält ihn wieder und wieder derselbe Traum: Eine riesengroße Lulu mit blutigroten Schlauchbootlippen entrollt ein Pergament und verkündet mit rohem Landsknechtslachen die sofortige Auflösung des MEKL. Dann stampft sie mit ihren klobigen Stiefeln zur Modellbahn hinüber und schlägt und tritt alles in Klump. Jedesmal wacht er schweißgebadet auf.

Völlig unnötig! Denn am 10. November erhält Fabian Flasch einen Anruf.

5

In einer Tageszeitung erscheint ein Interview mit Waltraud Cramer, Vorsitzende der Partei Maß und Mitte (MuM). Frau Cramer, Jahrgang 1968, ist von zierlicher Gestalt, hat halblange graue Haare, blaue Augen und einen skeptischen Blick. Sie lacht während des Gesprächs nur ein einziges Mal.

Frau Cramer, Ihre Parteigründung hat mächtig Staub aufgewirbelt.
Ja, die Aufmerksamkeit, die wir in der Öffentlichkeit, insbesondere in den Medien erregen, übertrifft noch unsere Erwartungen. Darüber sind wir zunächst einmal sehr froh. Es zeigt, daß wir Themen aufgegriffen haben, die in der Bevölkerung schon lange virulent sind. Maß und Mitte gibt dem aufgestauten Unmut eine Stimme.

Maß und Mitte – das hört sich zunächst einmal gut an. Wer will schon Extreme? Aber wenn man genauer darüber nachdenkt, stellt man sich unwillkürlich die Frage: Was soll man darunter verstehen?
Die Politik der letzten Jahrzehnte ist vom Zeitgeist gesteuert worden, und zwar *extrem*. Anders gesagt: Die Politiker sind bedenkenlos nahezu jedem Thema hinterher gerannt, das von Leuten bestimmt wurde, die sich moralisch überlegen fühlen. Das hat sich in der Gesetzgebung, aber auch in der öffentlichen Sprachregelung, Stichwort politische Korrektheit, niedergeschlagen, die zu allererst den Rändern unserer Gesellschaft bevorzugende Aufmerksamkeit schenken. Da aber die überwältigende Mehrheit der Bürger, wie Sie richtig formuliert haben, keine Extreme will und sich außerdem vernachlässigt fühlt, ist der Graben zwi-

schen Wählern und Gewählten immer tiefer geworden. Die farbenfrohen Koalitionsregierungen, mit denen wir es schon seit mehreren Legislaturperioden zu tun haben, sind besonders eifrig gewesen, angeblich progressive, in Wahrheit unsinnige und auf längere Sicht zum Teil sogar schädliche Forderungen kleiner, aber lautstarker Interessengruppen umzusetzen. Meine Partei tritt dafür ein, den Verhältnissen, wie sie sind und nicht wie sie Ideologen gerne hätten, endlich wieder gerecht zu werden. Maß und Mitte bedeutet demnach: Vernünftiges und ausgewogenes Handeln, das nach aller Erfahrung in der Mitte zwischen den Extremen links und rechts liegt. Das sind uralte Erkenntnisse, die Sie beispielsweise schon bei Aristoteles oder Schülern des Konfuzius finden können.

Koalitionsregierungen müssen aber nun einmal Kompromisse schließen, sonst kommen sie nicht zustande. Was werfen Sie der Tansania-Koalition konkret vor?
Ich bin nicht naiv, im Gegenteil. Natürlich müssen Kompromisse geschlossen werden, wenn sich zwei zum Regieren verabreden. Das läuft mal besser und mal schlechter, je nach Stimmenanteil bei der Wahl. Je mehr Parteien aber daran beteiligt sind, umso stärker ist ein Koalitionsvertrag verwässert und, was noch schlimmer ist, werden die Unterschiede mit vagen, beliebig auslegbaren Formulierungen und dem Bedienen der eigenen Wählerschaft weggebügelt, was letztendlich immer auf Vergeudung von Steuergeldern hinausläuft. Hartnäckige Ideologen haben dabei besonders leichtes Spiel, ihre Ideen durchzusetzen, weil diese häufig vordergründig erst einmal kein Geld zu kosten scheinen und dem Ganzen eine Aura von Fortschritt und Intellektualismus verleihen. Aber diese Ideen haben gewaltige gesellschaftliche Auswirkungen. Ich denke da an die Gender-Ideologie, die nebenbei gar nicht umsonst im geldlichen Sinne ist, und an die be-

reits erwähnte politische Korrektheit. Diese kleine Schwester der Tyrannei treibt ja nun fürwahr die merkwürdigsten Blüten, man muß leider schon in etlichen Fällen von Hysterie sprechen. Ich möchte hier nur an das in Spanisch verfaßte, preisgekrönte Gedicht »Avenidas« von Eugen Gomringer erinnern. Es wurde von der Fassade einer Hochschule in Berlin getilgt, einfach überpinselt, weil es angeblich sexistisch sei.

Das hat aber große Diskussionen und auch Proteste ausgelöst.

Und, hat es etwas geändert? Die selbsternannten Sittenwächter haben die Oberhand behalten, das Gedicht ist weg. Das ist Zensur im Namen irgendeiner Moral, die von der überwältigenden Mehrheit nicht geteilt wird. Ein anderes unrühmliches Beispiel ist der von irgendwie Wohlmeinenden in einigen Städten vom Zaun gebrochene Streit um Mohren-Apotheken. Die Behauptung, Apotheken mit diesem Namen diskriminierten Farbige, zeugt von erschreckender Ahnungslosigkeit. Mohr kommt von Mauritius, wie auch der Name Moritz. Mauritius war ein römischer Heerführer zur Zeit des Kaisers Diokletian im 3. Jahrhundert, der sich weigerte, gegen wehrlose Christen zu ziehen, und dafür mit dem Leben bezahlte. Er wird in der katholischen und orthodoxen Kirche als Heiliger verehrt. Was ist am Namen Mohren-Apotheke nun diskriminierend? Sagen Sie es mir.

Frau Cramer, wenn Ihre neugegründete Partei erfolgreich sein sollte, verschärft sich doch das von Ihnen geschilderte Problem des Kompromißfindens. Dann werden auf die einzelnen Parteien noch weniger Stimmen fallen, und der Zwang zu mehrfarbigen Koalitionen wird noch größer werden. Am Ende könnte das Land unregierbar werden.

Das ist das Argument, das insbesondere von den Parteien der Tansania-Koalition vertreten wird. Aber sollen wir deshalb schweigen? Was wäre das für ein Demokratieverständnis? Ich habe schon in der Schule gelernt, daß bei uns Meinungsfreiheit herrscht. Somit darf sich jede Meinung, die nicht gegen das Gesetz verstößt, auch zur Wahl stellen. Entweder findet sie eine nennenswerte Zustimmung, und das bedeutet konkret wenigstens fünf Prozent der abgegebenen Stimmen, oder sie ist so individuell oder abstrus, daß sie niemanden sonst interessiert. Aber man kann doch keine Maulkörbe verteilen, angeblich um des Großen und Ganzen willen, in Wirklichkeit aber, um eine unliebsame Konkurrenz auszuschalten. Wer hat denn unser Land in diese Lage gebracht? Wer hat denn auf die Befindlichkeit der Bürger keine Rücksicht genommen? Das sind die ehemaligen Volksparteien gewesen, die sich durch das ewige Schließen von faulen Kompromissen selbst atomisiert und das Land tatsächlich an den Rand der Unregierbarkeit gebracht haben. Wenn die geschrumpften »Volksparteien« keine ausreichende Zustimmung mehr finden, sollten sie überlegen, ob sie noch die richtigen Themen ansprechen. Wir von MuM sprechen die Probleme der Menschen an und werden bei der nächsten Bundestagswahl ein sehr ordentliches Ergebnis erzielen. Wenn wir gute Politik machen, die dem Land nützt, dann werden in zukünftigen Koalitionen nicht mehr so viele Farben vertreten sein.

Sie glauben demnach, daß die von Maß und Mitte vertretenen Positionen so zugkräftig sind, daß die neue Partei die, um im Bilde zu bleiben, herumfliegenden Atome zu einer kritischen Masse verschmelzen kann?
Als Physikerin finde ich diese Analogie ziemlich gewagt, aber in einem trifft sie zu: Wir werden Energien freisetzen. Mit unserem Anliegen, die Verhunzung unserer Sprache durch Gender-Sprech und Denglisch zu beenden, sprechen wir sehr vielen Bürgern aus der

Seele. Die deutsche Sprache wird auf dramatische Weise durch Ignoranten, Globalisierungsgewinnlern und Opportunisten ruiniert. Das ist nicht nur aus ästhetischer Sicht ein gewaltiges Problem. Über Jahrhunderte war Deutschland ein Flickenteppich aus Kleinstaaten und dadurch ein Spielball der europäischen Mächte. Zusammengehalten wurde dieses Gebilde einzig durch die gemeinsame Sprache. Sie allein war es, die den Menschen ein Zusammengehörigkeitsgefühl trotz der vielen Grenzen gab. Nur dadurch konnte im 19. Jahrhundert der Einigungsgedanke im Volk entstehen. Inzwischen sind wir so weit, daß einige Politiker und Wirtschaftsleute fordern, Englisch zur Verkehrssprache in Deutschland zu machen. Welche Errungenschaft! Ja, Leute, warum erspart ihr den Migranten nicht den Umweg über das so schrecklich schwere Deutsch und laßt sie nicht gleich Englisch lernen? Damit kommt ihr eurem Ziel doch sehr viel schneller näher. Lassen Sie es mich pointiert sagen: Schaffen wir die deutsche Sprache ab, schaffen wir auf kurz oder lang auch unseren Staat ab. – Doch im Augenblick ist unser Hauptanliegen die Abschaffung des Quotenunwesens, weil es unserem Land gewaltigen Schaden zufügt.

Wegen dieser Betonung des Nationalen wird Ihre Partei kritisiert. Man wirft Ihnen Deutschtümelei vor.
Ein beliebtes Totschlagargument, das die berüchtigte Nazi-Keule inzwischen weitgehend ersetzt hat, weil es subtiler diskriminiert. Kritisieren ist dabei ziemlich verharmlosend. Vehement *angegriffen* werden wir. Das geht bis zur üblen Verleumdung von MuM-Mitgliedern und vereinzelt auch zu körperlichen Attacken. Meine Güte, was fordern wir denn anderes als unsere Nachbarstaaten? In Frankreich beispielsweise hat man eine Verhunzung des Französischen durch einen in der Orthographie und Grammatik nicht vorgesehenen

Sprachgebrauch schlichtweg verboten. In Deutschland verhindern die Regierungsparteien, daß Deutsch als Landessprache im Grundgesetz verankert wird.

Sie fordern als Sofortmaßnahme einen jährlichen Wechsel bei der Anrede der Bürgerinnen und Bürger im öffentlichen Raum. Wie muß man das verstehen? Männer begrüßen ein gemischtes Auditorium schon immer mit »Meine Damen und Herren«, umgekehrt hört man es fast nie. Seit etlichen Jahren wird stupide die Reihenfolge Frau-Mann erzwungen. Wir fordern, daß hier ein jährlicher Wechsel stattfindet. Meinetwegen in geraden Jahren Mann-Frau und in ungeraden umgekehrt. Das ist in unseren Augen ein Beitrag zur Gerechtigkeit.

Das klingt ein bißchen kleinkariert. Wissen Sie, was ich lächerlich und kleinkariert finde? Wenn die Politiker unablässig von Bürgerinnen und Bürgern reden, was bei vielen zu einem genuschelten *Büerinunbüer* wird. Oder wenn neue Wörter wie *Mitgliederin* erfunden werden, obwohl *das Mitglied* geschlechterneutral ist. Permanent werden Genus und Sexus, das grammatische und das natürliche Geschlecht, verwechselt, entweder aus Unwissenheit oder, sehr viel häufiger, bewußt aus ideologischen Gründen. Das Deutsche kennt den sogenannten generischen Begriff, der beide Geschlechter meint. Wenn ich allgemein von Lehrern spreche, sind Lehrerinnen und Lehrer gemeint, obwohl das Wort ein Maskulinum ist, wenn ich von Fachkräften rede, sind männliche und weibliche Personen gemeint, obwohl wir es mit einer weiblichen Form zu tun haben. Übrigens gibt es interessanterweise gar keine männliche Form von Fachkraft. Vorschlag an alle Freunde der gerechten Sprache: Wie wäre es mit *der Fachkraftler*? Wie gefangen diese Leute in ihrer Sprachverblendung sind, mag ein allerletztes Beispiel illustrieren. In einem *Ärztefachblatt* stand neulich folgendes, und es ist leider kein

Witz: Unter den Ärztinnen sind 45% Frauen. (Hier lacht Frau Cramer.) Nebenbei bemerkt: Im Deutschen ist die Mehrzahl immer weiblich. *Die Männer, die Häuser, die Frauen.* Es ist eben nur Grammatik. – Ich möchte jetzt aber ganz gerne zur Quotenfrage kommen.

Seit Januar dieses Jahres gilt eine verschärfte Quotenregelung für den öffentlichen Dienst. Für Ihre Partei Teufelszeug.
Das ist leider nicht die ganze Wahrheit. Die Regelung gilt nämlich nicht nur für Behörden, sondern auch für Vereine. Das ist der Einstieg in eine Quotierung aller Lebensbereiche. Noch wehrt sich die Wirtschaft. Aber spätestens die nächste Vielfarbenkoalition wird ihren Widerstand brechen. Nun haben die großen Konzerne im Gegensatz zum normalen Bürger die Möglichkeit, solchen Gesetzen auszuweichen, indem sie ins Ausland gehen. Was das bedeutet, muß ich Ihnen wohl nicht weiter erklären. Die Regierenden riskieren im Namen einer willkürlich definierten Gerechtigkeit den Wohlstand aller.

Worin liegt Ihrer Ansicht nach die Gefährdung?
Mit jedem zusätzlichen Merkmal, das man zur Auswahl heranzieht, schränkt man den Personenkreis, der die Merkmale erfüllt, weiter ein. Als die Frauenquote eingeführt wurde, konnte man auf ein Reservoir von gut 50 Prozent der Bevölkerung zurückgreifen. Damit werden allerdings auch – und das vergißt man sehr leicht oder sieht wohlwollend darüber hinweg – die anderen 50 Prozent, nämlich die Männer, ausgeschlossen. Hier konnte man zur Not noch mit historisch begründetem Nachholbedarf an Gerechtigkeit argumentieren. Mir selbst hat es aber schon damals nicht eingeleuchtet.

Sie als Frau sind nicht für die Frauenquote?
Ich glaube, ich bin beileibe nicht die einzige Frau, die so denkt. Die Bezeichnung Quotilde ist natürlich sofort

zum Unwort erklärt worden, aber es trifft leider in etlichen Fällen zu. Für mich zählt allein, ob jemand die leistungsmäßigen Voraussetzungen für eine bestimmte Position mitbringt. Qualifikation muß vor Quote gehen! Andernfalls verengt man durch immer neue und insbesondere sachfremde Merkmale, die zu erfüllen sind, den Anwärterkreis. Am Ende stehen Sie vor einem Dilemma: entweder Sie haben niemanden, der die Anforderungen erfüllt, oder Sie müssen eine völlig ungeeignete Person nehmen. Beides gefährdet auf Dauer Wirtschaft und Gemeinwesen. Wollen Sie etwa von einem inkompetenten Chirurgen operiert werden?

Glauben Sie wirklich, daß Schwarzmalerei ein zukunftsträchtiges Rezept ist?
Das ist keine Schwarzmalerei, sondern folgt aus einer streng logischen Analyse. Diesem Ergebnis, so unerfreulich es für Ideologen, Sozialingenieure und Abwiegler sein mag, muß sich die Gesellschaft stellen, es muß zu einer intensiven Diskussion kommen. Andernfalls werden schleichend auch die Grundfesten unserer Demokratie untergraben. Auf diese schlimmen Folgen der Quotierung hinzuweisen, dazu gehört inzwischen einiger Mut, dazu gehört Mumm, wenn Sie mir das Wortspiel gestatten. Den haben meine Parteifreunde und ich.

Sie befürchten also ernsthaft eine Gefährdung der Demokratie durch die Quotierung bei Stellenbesetzungen?
Ja, weil diese Quotierung eine weitreichende negative Vorbildfunktion hat, nicht nur für die Gängelung der Privatwirtschaft. Es sind nämlich schon längst Bestrebungen im Gange, die Parlamente paritätisch zu besetzen. Zunächst nur mit 50 Prozent Männern und 50 Prozent Frauen. Dies soll durch Wahllisten wie bei den Grünen erzwungen werden, also auf Platz 1 eine Frau, auf Platz 2 ein Mann und immer so weiter. Dies allein ist bereits ein grundgesetzwidriger Eingriff in das

Wahlrecht. Es steht aber zu befürchten, daß andere gesellschaftliche Gruppen nachziehen und eine Quotierung fordern werden, die analog zum geltenden Gesetz zur Stellenbesetzung ist. Das wäre der Weg zurück zu einem Ständestaat. Statt Fortschritt eine Rolle rückwärts ins 19. Jahrhundert.

Das klingt nun aber doch ziemlich abenteuerlich.

Ich wette mit Ihnen, daß in spätestens zwei Jahren ein solches Gesetz zumindest in einem Landesparlament eingebracht werden wird.

Das Interview mit Waltraud Cramer
führten Catharina Herrlein und
Rudolph Schmincke-Augstein.

6

Der 10. November ist ein grauer Tag mit etwas Nieselregen. In der Firma macht das Gerücht die Runde, daß Fisano verkauft werden soll, ein weiterer Grund für Fabians Trübsinn. Gleich nach der Heimkunft hat er sich in die Mansarde geflüchtet, um bei seiner Modellanalage ein wenig Trost zu finden.

Seit einigen Minuten läßt er die Rangierlok Runden drehen. Sie ist Teil der Grundausstattung gewesen, die er mit neun Jahren zu Weihnachten bekommen hat, um sie herum ist seine Anlage gewachsen, an ihr hängen liebe Erinnerungen.

Da klingelt der Nebenapparat auf der alten Kommode. Seine Mutter – aber sie will ihn nicht zum Essen rufen. Da sei eine Frau, die ihn sprechen wolle.

Fabian übernimmt.

»Spreche ich mit Herrn Fabian Flasch vom Modelleisenbahn-Klub Lischda? Guten Abend. Mein Name ist Maria Estrella. Die Agentur für Gleichstellung und Quotierung hat mir mitgeteilt, daß Sie eine Vorsitzende suchen. Ich möchte mich bewerben.« Eine angenehme Stimme ohne jeglichen Akzent.

»Das ist ja wunderbar«, entfährt es Flasch. »Wenn Sie wüßten ...«

»Ich möchte mich bewerben. Wann können wir uns sehen?«

»Am besten gleich morgen. Geht es bei Ihnen nach Feierabend, so gegen 18 Uhr?«

»Wo?«

»Kennen Sie den stillgelegten Bahnhof Lischda-West? Dort steht unsere Modellanlage, und dort haben wir auch unser Klubheim.«

»Ich werde es finden. Ich werde um 18 Uhr da sein, Herr Fabian Flasch. Auf Wiedersehen.«

Ehe er noch ein »Ich freue mich sehr« loswerden kann, hat Frau Maria Estrella aufgelegt.

Nein, welch eine Nachricht! Der Tag ist plötzlich gar nicht mehr grau. Fabian muß sein Glück unbedingt und sofort teilen. Malstein, Stiftlein und Ramazotti sind ebenfalls begeistert und – was noch wichtiger ist – können alle zur Begutachtung der Kandidatin kommen.

Jetzt muß er die Neuigkeit aber auch seiner Mutter mitteilen. Er stürzt zur Mansarde hinaus. Auf halber Treppe fällt ihm ein, daß die Rangierlok ja immer noch ihre Kreise zieht. Er macht auf dem Absatz kehrt.

Fabian ist am nächsten Abend schon eine halbe Stunde vor der Zeit im Klubraum. Auch Lotte und Herbert treffen vorzeitig ein, nur der Enzo hat es nicht so eilig.

Fünf Minuten vor sechs tritt Flasch vor das Gebäude. Er schaut den Bahnsteig mehrfach hinauf und hinunter. Die schummrige Beleuchtung – die Bahn hat natürlich bei der Stillegung auch die allermeisten Lampen abgeschaltet – taugt nun wirklich nicht zur Visitenkarte. Hoffentlich läßt sich die Frau davon nicht abschrecken. Ach was, wenn die erst einmal die schöne Anlage gesehen hat!

Mit dem Glockenschlag kommt jemand um die Ecke. Das ist nicht Ramazotti, der ist kleiner und setzt schnelle kurze Schritte. Diese Gestalt schreitet ihm auf hohen Absätzen entgegen. Sie trägt eine helle flauschige Swinger-Jacke.

»Mein Name ist Maria Estrella.«

»Flasch, Fabian Flasch, wir haben gestern miteinander telefoniert. Schön, daß es geklappt hat.« Er streckt ihr die Hand entgegen. Sie ergreift sie nach kurzem Zögern. Jetzt steht sie direkt unter einer Neonröhre. Meine Güte, welch ein Gesicht unter den langen schwarzen Haaren!

»Darf ich Sie in unser Klubheim bitten. Ich gehe, wenn Sie erlauben, einfach mal voran.« Das kommt Fabian nicht so locker wie gewünscht über die Lippen.

In diesem Augenblick taucht Enzo Ramazotti auf. »Fabiano, laß mich auch rein«, ruft er ein wenig außer Atem. Er drückt sich hinter der Frau ins Gebäude. »Buona sera, Signorina«, macht er dabei laut auf sich aufmerksam. Weil Frau Estrella daraufhin unvermittelt stehen bleibt, kommt es beinahe zu einem Aufprall.

Flasch läßt die Tür ins Schloß fallen und eilt an den beiden vorbei zum Klubraum. Plötzlich schämt er sich ein wenig für dessen Einrichtung. Ein einfacher Resopaltisch, an dem zwölf Personen auf unbequemen Stühlen Platz finden können. Die Wände zieren Poster mit Zügen aus der großen Eisenbahnwelt, meistens steht die Lokomotive im Vordergrund. Die lange Rasterleuchte unter der Decke taucht den Raum in ein kaltes Licht. Hinter dem vergitterten Fenster herrscht Dunkelheit.

Lotte Stiftlein und Herbert Malstein sind aufgestanden und blicken der Neuen mit unverhohlener Neugier entgegen. Maria Estrella nimmt dies mit einem leichten Lächeln und noch leichterem Kopfnicken zur Kenntnis. »Guten Abend.«

Während Fabian die Personen einander etwas umständlich vorstellt, will Enzo der Dame aus dem Mantel helfen. Die zeigt sich irritiert, und für einen langen Moment sieht es so aus, als ob sie den Kavalierdienst ablehnen wolle. Dann spreizt sie die Arme steif vom Körper ab und läßt Ramazotti sein Werk tun. Zum Vorschein kommt eine schlanke, wohlproportionierte Figur in gemustertem beigem Rollkragenpullover und knielangem braunem Rock.

Fabian bietet ihr einen Platz am vorderen Kopfende an. Enzos Frage, ob sie etwas trinken wolle – leider könne man heute nur Wasser anbieten – beantwortet sie mit einem einfachen Nein. Daraufhin setzen sich die beiden Männer an die noch freie Längsseite des Tisches.

Welch wunderschöne Frau! Dunkle, mandelförmige Augen, ein zartbrauner Teint, glatte Gesichtszüge, eine hübsche kleine Nase. Märchenhaft! Bloß nicht zu aufdringlich hinschauen.

»Willst du beginnen, Fabian?« erinnert ihn Lotte an den Grund ihres Hierseins.

»Ja, nun ...«, beginnt er stotternd. »Wir sind sehr froh, daß Sie für den Vorstandsvorsitz des Modelleisenbahn-Klubs Lischda kandidieren wollen.« Und nun erzählt Fabian von den Ängsten und Sorgen der letzten Monate. Dabei kommt er zusehends in Fahrt.

Aufrecht und unbeweglich, die Hände nebeneinander auf dem Tisch, hört Frau Maria zu. Die anderen hingegen werden mit der Zeit immer unruhiger. Meine Güte, wann kommt denn der Fabian endlich zum Schluß?

»Könnten Sie sich bitte einmal vorstellen?« platzt Herbert Malstein in Flaschs Ausführungen.

»Mein Name ist Maria Estrella, ich bin 34 Jahre alt, auf den Philippinen geboren, seit langem in Deutschland.«

»Wie lange in Lischda?« hakt Malstein nach.

»Ganz neu. Seit Oktober.«

Ramazotti beugt sich zu Flasch und flüstert ihm zu, er hoffe, Herberts *charmante* Art der Befragung werde la bella Maria nicht abschrecken.

»Wo arbeiten Sie?«

»Im *Institute for German Asian Concerns*.«

Großes Erstaunen, von diesem Institut hat noch niemand gehört. Wo es sich denn befinde? Ah, in der Königstraße, ganz in der Nähe des Stadtparks. Da müsse man nächstens aber mal die Augen offen halten.

»Was machen Sie dort, Signorina?«

Sie sei für alle Fragen zum Thema Künstliche Intelligenz zuständig.

Alle schauen erwartungsvoll auf Frau Maria. Doch die hat dem nichts mehr hinzuzufügen und schweigt in stoischer Haltung.

Malstein läßt keine lange Pause aufkommen. »Kennen Sie sich denn überhaupt mit Modelleisenbahnen aus?«

»Ich bin schon mit der Eisenbahn gefahren.«

Bis auf Herbert lachen die anderen MEKLer. Ein lustiges Mißverständnis, wie süß. Und wie souverän sie darauf mit einem sanften Blick in die Runde reagiert. Ja, die Philippininnen ...

»Am besten zeigen wir Ihnen als erstes einmal unsere Anlage«, schlägt Lotte Stiftlein vor. »Da wird sich einiges klären lassen.« Guck an, dieser Fabian, wie selig-dämlich er da vor sich hinlächelt. Bei dem hat es voll eingeschlagen.

Malstein voran, Flasch am Ende, so gehen sie zur Modellanlage hinüber.

Fabian schlüpft ins »Stellwerk«, einen vorgelagerten Raum, in dem sich der computergesteuerte Führerstand und der Schattenbahnhof befinden, und schaltet das für Besucher vorgesehene milde Raumlicht und die Anlage selbst ein. Den Zugverkehr läßt er zunächst einmal ruhen. Dann gesellt er sich zu den anderen, die in der Mitte des Schauraumes stehen.

»Wie Sie sehen, haben wir eine U-förmige Modellanlage«, zeigt Flasch in die Runde. »Das hat den Vorteil, daß man näher an die einzelnen Abschnitte herantreten kann. Stadt mit Hauptbahnhof auf der linken Seite, Übergang zu offener Landschaft am schmaleren Kopfende, kleine Ortschaft und Gebirge rechter Hand. Der Betrachter hat damit auch das Gefühl, mittendrin zu sein.«

»Das erleichtert auch die Reparaturarbeiten. Man kommt viel einfacher an die einzelnen Stellen heran«, ergänzt Herbert Malstein. Dann überschüttet er Maria Estrella mit Detailinformationen: H0, Maßstab 1:87, modularer Aufbau, digitale Steuerung, früher alles per Hand über Trafos und Schaltpulte, 43 Lokomotiven, 154 Wagen, 62 Weichen, ... Er hat diese Zahlen so gut parat, weil er sie ja erst vor kurzem in den Unterlagen für den Notar gesehen hat.

Die Angesprochene hört konzentriert zu, man kann nicht erkennen, wieviel sie davon versteht.

Wieder ist es Lotte, die der nervtötenden Faktenhuberei ein Ende macht. »Fabian, laß doch mal die Züge rollen.«

Ein Rauschen setzt ein.

Personen-, Schnell- und Güterzüge fahren durch die putzige Landschaft, verschwinden in Tunnels, halten an Bahnhöfen, rattern über Weichen, gehorchen Signalen. Kleine schwarze Ungetüme stoßen künstlichen Rauch aus und lassen Pfeifsignale hören. Geschmeidig gleitet ein ICE durch den Vorortbahnhof. Cremeweiße Elektrolokomotiven mit originalgetreuen Stromabnehmern ziehen Personenwagen oder eine bunte Reihe von Güterwaggons hinter sich her. Ein leises Glockenbimmeln kommt von der kleinen Kapelle in der Nähe der Bergstation eines Seilbähnchens, dessen Kabinen unermüdlich bergauf und bergab laufen. Busse, Personenautos und Lastwagen rollen schienenlos über Straßen, Ampeln und Blaulichter blinken, Schornsteine rauchen.

Fabian Flasch kann sich immer wieder an dieser kleinen Welt erfreuen. Hier haben die stillen Sehnsüchte mancher Mitglieder ihren Ausdruck gefunden. Für die Wassermühle dort hinten zwischen ein paar Plastiktannen hat er gesorgt, sie soll ihn an Ferienaufenthalte mit seinen Eltern damals im Schwarzwald erinnern. Der Martin hat noch ein Männchen an einem rustikalen Sägebock dazugestellt, das sich, nur von durch Elektronik zufällig erzeugten Pausen unterbrochen, unermüdlich an einem Baumstamm abarbeitet. Viele Arbeitsstunden stecken im Stadtsegment vor der gemalten Silhouette von Lischda. Hinter dem Hauptbahnhof mit seinen drei Bahnsteigen, der seit neuestem die Reisenden in *Reusenstadt* willkommen heißt – Fabian hat dieses Anagramm von »unsere Stadt« vorgeschlagen –, sieht man den Bahnhofsvorplatz, durchaus mit Anklängen an das Original, und drei Häuserzeilen, die höchstens durch ihre Bebauungsdichte an Lischda erinnern. Auch das Kino mit umlaufender Lichtreklame ist eine nette Erfindung. Die gelbe Straßenbahn allerdings fährt auch in Wirklichkeit.

La bella Maria geht die Anlage am umlaufenden Geländer systematisch von links nach rechts ab. Ganz intensiv schaut sie sich alles an, so, als ob sie die allerkleinste Kleinigkeit abfotografieren wollte. Die begeisterten Hinweise und Erklärungen kommentiert sie nicht, selbst ein anerkennendes Wort bleibt aus. Fabian greift daher zum letzten Mittel: Er zeigt die Anlage im Nachtbetrieb. Die Raumbeleuchtung erlischt, und plötzlich scheinen überall Glühwürmchen zu sitzen. In vielen Häuschen brennt Licht, die Straßenlaternen sind eingeschaltet, hell erleuchtete Personenzüge rauschen durch die künstliche Nacht, Signallämpchen zeigen LED-Rot und -Grün, und die Kirmes vor der Stadt wird zu einer gelblich schimmernden Insel in der Finsternis.

»Können wir bitte wieder Licht machen?« fragt der Gast schon nach wenigen Minuten.

Was er da, an der Tür zum Stellwerk lehnend, hören muß, enttäuscht Fabian Flasch doch ein wenig. Er hat noch das Ah und Oh in den Ohren, das der Nachtbetrieb immer wieder bei den Besuchern hervorlockt. Und nun das. Sie wird noch einiges lernen müssen – aber er wird ihr dabei nur zu gerne helfen.

Nun stehen sie im wieder hellen Raum zusammen, Maria Estrella in ihrer Mitte.

»Das ist also unsere Modelleisenbahn«, sagt Fabian Flasch mit kaum unterdrücktem Stolz. »Haben Sie noch Fragen?«

»Nein, danke. Für heute ist es genug.« Frau Maria verzieht ihr makelloses Gesicht zu einem neutralen Lächeln und geht auf ihren Stöckelschuhen zum Klubraum voraus.

Dort hilft ihr Enzo Ramazotti in den Mantel und bietet ihr seine Begleitung an.

»Danke, nein. Ich finde allein nach Hause.«

»Wie geht es nun weiter?« will Flasch wissen.

Sie, schon an der Tür: »Ich werde mich melden. Guten Abend.«

Und ohne sich umzuschauen, verläßt sie Klubraum und Gebäude. Man hört die Außentür klackend ins Schloß fallen.

Die Eisenbahnfreunde schauen sich schweigend an. Lotte Stiftlein hebt unschlüssig die Schultern, Fabian Flasch kratzt sich verlegen den Bart, Enzo Ramazotti hüstelt.

Herbert Malstein findet als erster die Sprache wieder.

»Das ist ja schlimmer als befürchtet. Die Dame hat keine Ahnung und offensichtlich auch keinerlei Interesse. Mit der werden wir garantiert nicht glücklich. Wenn sie denn überhaupt kandidieren wird.«

»Leider haben wir, wie es aussieht, keine andere Wahl«, entgegnet Lotte. »Ende November müssen wir eine quotengerechte Vorsitzende präsentieren, sonst ist es mit dem MEKL aus.«

»Alles Scheiße!« Malstein tritt mit dem Fuß gegen den nächstbesten Stuhl. »Scheiß-Quote! Scheiß-Politiker! Die machen einem alles kaputt!«

»Hauptsache, Frau Estrella nimmt an. Der Rest wird sich finden.« Flasch klingt gleichzeitig aufgeregt und entschlossen. »Ich werde ihr alles genau erklären. Ihr werdet sehen, mit der Zeit wird sie eine richtig gute Vereinsvorsitzende werden.«

»Fabiano hat recht«, meldet sich Ramazotti. »Wir werden die schönste Vorsitzende von der ganzen Welt haben.«

Schön, aber ziemlich steif und unnahbar, denkt Lotte Stiftlein. Doch für den Fabian freut's mich.

7

Zwanzig Tage später findet im »Alten Posthof« die Mitgliederversammlung des Modelleisenbahn-Klubs Lischda statt. Da fast alle der 53 Mitglieder der Einladung gefolgt sind, gibt es an den Tischen im Kolleg kaum noch einen freien Platz. Hinter dem quergestellten Tisch ganz vorn sitzt der Rumpfvorstand. Der Stuhl neben Fabian Flasch ist auch noch zehn Minuten vor Beginn unbesetzt. Herbert Malstein, der direkt gegenüber in der ersten Reihe sitzt, tippt jede Minute und immer ungeduldiger auf seine Uhr.

Da endlich erscheint Maria Estrella in der Tür am anderen Ende des Raumes. Kurz hält sie inne, dann geht sie gleichmäßigen Schrittes zwischen den Tischen hindurch nach vorn. Sie trägt einen eleganten roten Zweiteiler und eine schwarze Handtasche. Jetzt sieht man auch ihre hochhackigen roten Schuhe.

Die Hälse der Anwesenden – wenigstens neunzig Prozent sind Männer – werden lang und länger, die Gespräche verstummen.

Aufatmend eilt Fabian Flasch ihr entgegen. Auch ihre telefonische Zusage drei Tage nach dem Gespräch im Klubheim hat ihn nur kurz beruhigen können. Wenn sie es sich doch noch anders überlegt? Diesen Gedanken ist er nicht mehr losgeworden – im Gegenteil, jeden Tag hat er ihn mehr gequält.

Maria Estrella gibt ihm die Hand. Die fühlt sich weich und kühl an, doch unter der Haut spürt er eine überraschende Festigkeit.

Nachdem die Kandidatin auch Lotte und Enzo, eher flüchtig, begrüßt und sich dann gesetzt hat, stellt sich Flasch hinter den Vorstandstisch und schaut zwei, drei Minuten in die Runde. Da dies nicht die erwünschte Wirkung zeigt – der Auftritt dieser Frau sorgt nun einmal für mächtigen Gesprächsstoff –, setzt er die Schaffnerpfeife an den Mund. Erst beim dritten scharfen Pfiff kehrt so etwas wie Ruhe ein. Mit leicht gerötetem Kopf und gepreßter Stimme beginnt Fabian Flasch. »Liebe Mitglieder, liebe Freunde, ich begrüße euch zu unserer außerordentlichen Mitgliederversammlung. Für euer sehr zahlreiches Erscheinen danke ich euch. Die Tagesordnung besteht aus einem einzigen Punkt: Wahl einer Vorsitzenden. Wie ihr der Einladung entnehmen konntet, hat unser Klub bei dieser Wahl die Vorgaben der Agentur für Gleichstellung und Quotierung zu erfüllen. Andernfalls würde der MEKL dicht gemacht.«

Pfiffe und Pfui-Rufe werden laut. »Ein idiotisches Gesetz!« donnert Herbert Malstein in die Menge. Er erntet lautstarke Zustimmung.

»Laßt mich bitte ausreden.« Flasch bewegt seine Hände beschwichtigend auf und ab. »Heute ist für uns Ultimo, heute müssen wir eine Vorsitzende wählen. Zum Glück haben wir eine Kandidatin, die die vorgegebene Quote erfüllt: Maria Estrella.« Er deutet auf sie, wobei er wieder rot im Gesicht anläuft. »Frau Estrella, würden Sie sich bitte kurz vorstellen.« Damit setzt er sich.

Die Angesprochene erhebt sich in Zeitlupe. Dann gleitet ihr Blick, ähnlich intensiv wie bei der Besichtigung der Modellanlage, über die mucksmäuschenstille Versammlung.

Endlich erklingt ihre angenehme, unaufgeregte Stimme. »Mein Name ist Maria Cecilia Olimpia Estrella, ich bin 34 Jahre alt und stamme von den Philippinen. Es ist mir eine Ehre, daß ich Vorsitzende des Modelleisenbahn-Klubs Lischda werden soll.« In kerzengerader Haltung lächelt sie in das Publikum, das hier und da applaudiert.

»Die einfachste Form einer Modellbahn ist die sogenannte Gleiswüste – auf der nackten Holzplatte befinden sich ausschließlich Gleise, aber keinerlei Landschaft. Die nächste Stufe sind realistische Landschaftserhebungen – eine Landschaft ist niemals wirklich bretteben. Nun folgt eine feinere Ausgestaltung: Einschottern der Gleise, Hinzufügen von Straßen, Häusern und Grünflächen. Abschließend kann man das Ganze noch mit diversem Zubehör wie Autos, Lampen, Figuren, Mülltonnen oder einzelnen Pflanzen dekorieren. Zudem empfiehlt es sich, gerade Kunststoffmodelle farblich leicht nachzubehandeln, um so den Plastikglanz loszuwerden. In den letzten Jahren machte es die immer kleiner werdende Elektronik möglich, auch die Zubehörartikel immer aufwendiger zu gestalten und zu steuern. Was allerdings auch immer größeren Aufwand und höhere Kosten bedeutet.«

Stiftlein, Ramazotti und Flasch schauen sich verblüfft an. Mit einer Art Grundsatzreferat über Modelleisenbahnanlagen, zumal so übergangslos vorgebracht, haben sie nach ihrer Erfahrung mit Maria Estrella am allerwenigsten gerechnet. Aber sie brauchen gar nicht nervös zu werden. Die Anwesenden hängen, von Marias Äußerem verzaubert, gebannt an ihren Lippen – wahrscheinlich könnte sie das Telefonbuch von Lischda vorlesen.

»Modelleisenbahnanlagen gibt es in L-, U-, T-, E- oder noch komplexeren Formen«, fährt die Estrella in immer gleichem Ton fort. »Dies ermöglicht oftmals selbst in verhältnismäßig engen Räumen auch die Unterbringung von sehr großen und dem Vorbild eher entsprechenden Kurvenradien. Eine realistische Kurve in H0 hat bekanntlich einen Radius von mindestens zwei Metern. Zudem kann der Bahnhof komplett mit Stellwerken, einem oder mehreren Güterschuppen und vor allem langen Nutzlängen ausgestaltet werden, die ein Bahnbetriebswerk überhaupt erst rechtfertigen. Auch die Unterbringung eines zweiten Bahnhofs an einem anderen Raumende ist möglich, um so realistischen Pendelverkehr oder Warentransporte nachzubilden. Dieser kann auch als Kopfbahnhof ausgebildet sein, wenn der Platz keine Kehrschleife dahinter zuläßt oder die dabei nötigen Rangierbewegungen als zusätzlicher Spielspaß angesehen werden. Auch sind bei dieser Anlagenform sogenannte Schattenbahnhöfe verbreitet – einfache Gleise unter oder neben der Anlage, die so beim Betrieb mit sehr vielen Zügen verdeckte Abstellmöglichkeiten bieten. Große Anlagen sind oft in Segmente unterteilt, die voneinander getrennt werden können. Sie werden meist hintereinander gebaut, damit bereits Teile der Anlage zu befahren sind, ohne daß diese selbst vollständig fertiggestellt sein muß. Auch bieten die Segmente den Vorteil, sie bei Wartungs- oder anderen Arbeiten herausnehmen zu können. Der Segmentbau vereint somit viele Vorteile von festem und Modulaufbau.«

Von der nun doch langsam aufkommenden Unruhe hat sich bella Maria nicht beeindrucken lassen. Wie eine routinierte Nachrichtensprecherin hat sie ihren Text wiedergegeben – und das in freier Rede!

»Der Modelleisenbahn-Klub Lischda hat eine wunderschöne U-förmige Anlage. Sie muß im Sinne der Mitglieder erhalten bleiben. Dafür werde ich mich einsetzen!«

Die Bewerbungsrede erntet frenetischen Beifall. Mindestens Zweidrittel davon gelten eher der Kandidatin als dem Inhalt, der den Eisenbahnfreunden sowieso geläufig ist.

Wieder nur mit massivem Gebrauch der Schaffnerpfeife kann sich Fabian Flasch Gehör verschaffen.

»Liebe Mitglieder. Ich glaube, Frau Estrella hat eindrucksvoll bewiesen, daß sie für den Vorsitz alle Voraussetzungen mitbringt. Gibt es noch irgendwelche Fragen?«

Zum Glück keine. Selbst Werner Hendrich, der gewöhnlich jede Diskussion nach dem Motto »Alles ist gesagt, nur noch nicht von mir« in die Länge zieht, will den Zauber dieses Anfangs nicht verderben.

»Ich schlage vor, daß wir offen abstimmen. Sollte es wider Erwarten knapp werden, können wir immer noch zu den Stimmzetteln greifen. – Wer ist dafür, daß Frau Maria Estrella neue MEKL-Vorsitzende wird?«

Reihenweise schnellen Arme empor.

»Wer ist dagegen?« Keiner.

»Enthaltungen?« Drei, darunter Herbert Malstein.

Lotte Stiftlein protokolliert alles mit.

»Frau Estrella, nehmen Sie die Wahl an?« Fabian Flasch wirft ihr einen langen Blick zu. Doch sie schaut unverwandt geradeaus.

Die Spannung im Raum ist mit Händen zu greifen. Zwar glaubt niemand daran, daß nach solch einer Rede jetzt noch ein Nein kommen könnte. Aber man weiß ja nie ... Deshalb löst ihr »Ja« einen ohrenbetäubenden Jubel aus. Fast alle springen auf. Ein paar stimmen »Maria, Maria«- Rufe an, und bald fällt das ganze Kolleg mit ein. Das ganze Kolleg? Nein, die drei Stimmenthaltungen bleiben stumm. Etliche drängen sich zum Vorstandstisch, um der neuen Vorsitzenden zu gratulieren. Irgend jemand hat plötzlich einen Blumenstrauß in der Hand.

»Die Sitzung ist beendet«, ruft Flasch mit sich überschlagender Stimme. Da tippt ihm jemand auf die Schulter. Als er sich umdreht, sieht er Herbert Malstein ins ernste Gesicht. Der winkt ihn in eine Ecke.

»Fabian, bei aller Erleichterung, daß wir es noch rechtzeitig geschafft haben«, sagt er halblaut. »Die Frau hat uns doch bloß Google-Wissen vorgetragen. Glaubst du im Ernst, daß die plötzlich Ahnung hat?«

»Aber du mußt zugeben, sie hat damit ein echtes Interesse gezeigt. Ich bin sehr zuversichtlich, Herbert. Wir haben eine wunderbare Vorsitzende bekommen. Und wenn es tatsächlich mal hapern sollte, dann sind wir anderen doch auch noch da. Unser Klub hat schließlich immer zusammengehalten.«

8

Die nächsten Wochen sehen einen beschwingten Fabian Flasch. Das liegt nicht an der Vorweihnachtszeit mit ihrem wenig winterlichen Schmuddelwetter, nein, dafür ist allein Maria Estrella verantwortlich. Jedes Wochenende und zweimal auch an einem Mittwochabend verbringt er Stunden im Klubheim, um der neuen Vorstandsvorsitzenden die Anlage bis ins Kleinste zu erklären. Schon beim Abschied fiebert er dem nächsten Treffen entgegen.

Denn Maria – am dritten Advent bietet sie ihm das Du an (um genau zu sein, nicht ihm allein, sondern allen aus dem Vorstand) – ist eine gelehrige und vor allem fleißige Schülerin. Den Wissensstoff, den sie an einem Tag ohne großes Nachfragen aufnimmt, macht sie sich bis zum nächsten Treffen zum selbstverständlichen Besitz. Es ist erstaunlich, wie sie dann alles exakt wiedergeben kann und meistens noch eigene Ideen beisteuert. Sie gehört offenbar zu denjenigen, die über Gehörtes und Gesehenes am liebsten erst einmal in Ruhe nachdenken.

Aber ist dies der wahre Grund für Flaschs Stimmungshoch? Nein, natürlich nicht. Er ist verliebt, und mit jedem Tag etwas mehr. Seiner Mutter ist das gleich aufgefallen. »Diese Maria hat es dir wohl angetan?« Standhaft hat er geleugnet, denn über seine Gefühle will er – noch nicht? – sprechen. Außerdem weiß er nicht, ob die Angebetete überhaupt etwas für ihn empfindet. Sie wirkt immer gleich und behandelt alle gleich. Eine weiche, kühle Hand zu Beginn und am Ende, hier und da ein Lächeln – man könnte es als damenhafte Distanz bezeichnen. Dabei kommt sie nun in Freizeitkleidung und bequemen Schuhen, wobei sie auch hierbei auf einen gewissen Stil achtet.

Fabian ist, was seine Wirkung auf Frauen betrifft, kein Traumtänzer (mehr). Er besitzt keine beeindruckende Figur und hat weder schöne Augen noch einen vielversprechenden Mund. Auch sein männlichstes Attribut, der Vollbart, dem er zu viel Freiheit läßt, verhilft ihm nicht zu einem attraktiveren Erscheinungsbild, im Gegenteil erhält sein Träger dadurch, zwar ganz entfernt nur, eher etwas Schratartiges. Deshalb ist es für Fabian überhaupt nicht vorstellbar, daß die wunderschöne Maria Estrella an ihm Gefallen finden könnte. Wie es aussieht, bleibt ihm wieder einmal nur ein heimliches Anhimmeln.

Bei jedem Treffen sind auch andere Klubmitglieder zugegen, die wie üblich an der Anlage herumwerkeln wollen. Es gibt schließlich immer etwas zu tun – mal wird die Landschaft um Figuren, Bäume, Häuschen ergänzt oder Farbe aus kleinen Töpfchen aufgetragen, mal wird der Zugverkehr umprogrammiert. Zwischendurch erfreut man sich am Betrieb der kleinen, selbsterschaffenen Welt. Immer wieder diskutiert wird über die von der Agentur geforderten Veränderungen. Ein paar ganz Naive glauben, die Umbenennung in *Reusenstadt* genüge. Herbert Malstein macht den Vorschlag, die Anlage einfach zeitlich zurückzudatieren, also beispielsweise Lischda in den 60ern oder 70ern des letzten Jahrhunderts anzusiedeln. Da habe die Einwohnerschaft schließlich noch ganz anders ausgesehen und es keine Quotierung gegeben. »Eine schlaue Idee«, finden mehrere. »Wie aber passen da unsere modernen Züge rein, zum Beispiel der ICE?« wendet der Martin ein. »Gibt es denn überhaupt passende Figuren wie kopftuchtragende oder verschleierte Frauen zu kaufen?« will Maria Estrella eines Tages wissen. Nein, die gebe es nicht. »Ein Skandal!« ruft einer, möglicherweise ironisch, dazwischen. »Dann hat man doch einen Grund für eine Verzögerung«, sagt Maria gewohnt ruhig. »Das wird auch die Agentur akzeptieren müssen.«

Von Stund an rühmt man nicht nur ihre Schönheit, sondern auch ihr taktisches Geschick.

Am vierten Advent ringt sich Fabian zu der Frage durch, wie sie denn Weihnachten verbringen werde. »Zu Hause«, lautet die knappe Antwort. Und im weiteren Verlauf der kleinen Unterhaltung hört er heraus, daß Maria von Weihnachten gar keine Vorstellung hat. Sind die Philippinen denn nicht überwiegend katholisch? Er läßt das mutige Vorhaben, sie am zweiten Feiertag ins »Rathaus-Café« einzuladen, mit einem leichten inneren Seufzer fallen.

Übrigens ruft ihn Maria Estrella dann überraschend zwischen den Jahren an und erkundigt sich nach dem Verlauf der Weihnachtstage. Dabei präsentiert sie plötzlich ein großes Wissen über dieses Fest.

Fabian Flaschs gute Stimmung erhält gleich in den ersten Januartagen einen erheblichen Dämpfer. Mit dem Verkauf von Fisano an einen chinesischen Konzern namens Sinopharm, Sitz Shanghai, scheint es tatsächlich ernst zu werden. In jeder Abteilung tauchen dunkel gekleidete Menschen auf, stellen jede Menge Fragen und stimmen die Belegschaft schönrednerisch (»*Think positive*!«) auf massive Veränderungen ein.

Die Mitarbeiter des Finanz- und Rechnungswesens werden zusammen mit den Controllern an einem Vormittag in den großen Versammlungsraum gebeten. Eine Frau Dr. Jennifer Halstenberg in mausgrauer Business-Uniform, jung, elastisch, aber leider nicht so schön, erklärt mit Hilfe von *PowerPoint* dem skeptischen Auditorium, wohin die Reise gehen soll. »Ich will, daß Sie alle on the same page sind.« Häufig spricht sie von *challenges*, die der Übergang in die neue Firma mit sich bringe. *Change*-Prozesse seien nun einmal ein Stück weit komplex, es seien harte *issues* zu adressieren. Allerdings: »Die Synergie-Effekte – always keep in mind.« Und dann: »Die To-do-Liste ist lang, es müssen jede Menge Prozesse aufgesetzt werden, um mehr Business-Value zu delivern. Maßgeschneiderte Lösungen! Als Deadline ist der 30. April vorgegeben. Es wird sportlich, ohne Frage. Und ich will ganz ehrlich zu Ihnen sein: Ihre Work-Life-Balance wird für einige Zeit neu justiert werden müssen. Vorerst kein Leben on the beach mehr.«

Von den kleinen Unmutsbekundungen läßt sich Dr. Halstenberg nicht ablenken. Ungerührt klickt sie die nächste

Folie an. *Low hanging fruits* ist sie betitelt und zählt auf, welche *benefits* die Übernahme fast wie von selbst und sofort generieren wird. Fisano sei in vielen Punkten mit den Chinesen auf Augenhöhe, deshalb keine falsche Bescheidenheit und keine Ängste, bitte. »Ich fresse einen Besen, wenn da nicht jede Menge Personal eingespart werden soll«, meldet sich Bernd Schäfer. Sie werde ihm morgen einen Besen mit schönen roten Borsten mitbringen, den könne er dann vor der gesamten *community* verspeisen, kontert die Beraterin und zeigt ihr starkes Gebiß. »Ich möchte, daß wir uns dazu committen, Fragen erst am Schluß zu stellen. Ist das okay mit Ihnen?«

Dann schlägt die *Consultant* einen kurzen *Bio-break* vor. »Sorry, ich habe da noch einen Call.« Man sieht sie gleich darauf in einer entfernteren Ecke des Flures gestenreich mit ihrem *Smartphone* telefonieren.

Die Fisano-Mitarbeiter stehen in Grüppchen zusammen und diskutieren, was sie soeben gehört und gesehen haben. Sie zeigen sich, je nach Stellung, Intellekt und Temperament, vorsichtig optimistisch, skeptisch, besorgt, empört, sarkastisch, deprimiert. Einige bestürmen das anwesende Betriebsratsmitglied Nino Henrici. Der Betriebsrat müsse dafür sorgen, daß möglichst niemand entlassen werde und die hart erkämpften Besitzstände eins zu eins in die neue Firma übernommen würden. »Wir vom Betriebsrat werden uns voll reinhängen, keine Sorge!« Henrici schiebt seinen Bauch mächtig nach vorn. »Die Chinesen haben sich an unsere Gesetze und Vereinbarungen zu halten, basta.«

Dr. Jennifer Halstenberg kommt zurück und bittet zum zweiten Teil der *presentation*.

Der geht an Fabian Flasch fast vollständig vorbei, denn seine Gedanken wandern nun endgültig zu Maria Estrella ab. Kaum noch bekommt er etwas von den schimmernden Perlen des Berater-Sprechs mit: In *work-shops* wird man sich aufschlauen. Sie werden sehen, wenn Sie erst in den *flow* kommen, dann stimmt auch die *performance*. Konzentrieren Sie sich auf Ihre Kernkompetenzen, aber es kommt natürlich auch auf die weichen *skills* an. Auf *change-requests* am besten proaktiv reagieren. Das sind nämlich die neuen *must haves*. *Think outside the box! Anyway* – aufsetzen, ausrollen, aber *asap*. Das ist noch *pending, open question*. Da bin ich mit Ihnen völlig *d'accord* ...

Am Donnerstagabend nächster Woche, so kommt es Fabian jetzt in den Sinn, ist es endlich wieder so weit, dann wird er Maria wiedersehen – das erste Mal seit Dezember. Der Vorstand will darüber beraten, wie man die Mängelliste der AfGuQ am schonendsten umsetzen kann. Vielleicht darf er Maria dann auch nach Hause bringen. Bisher hat sie solche Angebote immer abgelehnt – egal, von wem sie gemacht worden sind. Daraus ist also kein spezieller Vorbehalt ihm gegenüber abzulesen. Doch warum weist sie diese Gefälligkeit bloß zurück? Ach, die Frauen bleiben für ihn rätselhaft. Dabei würde er sie doch so gerne richtig kennenlernen, um sie endlich zu verstehen. Nein, würde er *Maria Estrella* so schrecklich gerne näher kennenlernen – das genügte ihm vollkommen, das würde ihn unendlich glücklich machen. Ein wohliger Schauer überläuft ihn. Ja, ich werde sie fragen, ob ...

»Save the date: am 27. Januar beginnen die working groups.« Dieser Satz beendet abrupt Fabian Flaschs Träumerei. Jennifer statt Maria, reizloser Durchschnitt statt exotischer Schönheit. Hoffentlich hat er nichts Wichtiges versäumt.

»Sie werden die Einladung zu Ihrer jeweiligen Gruppe zeitnah per E-Mail erhalten. Noch recommendations aus der audience? Äh, ich meine, noch irgendwelche Fragen?«

Nein. Leicht betäubt trollt man sich in die Mittagspause.

9

Mitte Januar bringt eine bekannte Tageszeitung unter dem Titel *Errechnete Gerechtigkeit – ein Jahr verschärfte Quotenregelung* einen Artikel, der sich kritisch mit den Auswirkungen dieser Regelung auseinandersetzt. »Seit einem Jahr ist Abschnitt 8, § 37 des Allgemeinen Gleichbehandlungsgesetzes AGG gültig. In ihm wird Gesetz, daß Leitungspositionen in Behörden und im sonstigen öffentlichen Dienst nach bestimmten Quoten vergeben werden müssen, überraschenderweise auch für eingetragene Vereine (e. V.). Wir kennen die Frauenquote schon längere Zeit, und die Erfahrungen damit kann man als überwiegend positiv bezeichnen. Sie wurde zur Blaupause für diejenigen, denen die Herstellung von (sozialer) Gerechtigkeit ein absolutes Ziel ist, dem alles andere unterzuordnen sei. Dabei fehlt für *Gerechtigkeit*, obwohl von ihr im öffentlichen Diskurs unablässig die Rede ist, bemerkenswerterweise immer noch eine allseits akzeptierte Definition. Dennoch hat das Parlament auf Betreiben eines Teiles der die Tansania-Koalition bildenden Parteien ein Gesetz verabschiedet, das mit Hilfe einer verschärften Quotenregelung Gerechtigkeit generieren soll – und zwar auf Basis der Anteile bestimmter Gruppen an der Gesamtbevölkerung. Mit dieser Aufteilung der Gesellschaft in unterschiedlich große Minderheiten meint man jeglicher Kritik begegnen zu können, weil man ja die Ansprüche mathematisch korrekt berechne. Wie ist das zu verstehen?«

Auf diese Einleitung folgt eine kurze Erläuterung des Verfahrens, das die Agentur für Gleichstellung und Quotierung (AfGuQ) durch Einsatz der EquOSS-Software (Equal Opportunities Selection System) realisiert habe.

»Die Befürchtungen von Wirtschaftsverbänden und Vereinen im Vorfeld der Gesetzgebung haben sich leider größtenteils bewahrheitet. Das Hauptproblem der verschärften

Quotenregelung besteht nämlich in der starken Einschränkung des Personenkreises aufgrund der erhöhten Anzahl von Auswahlkriterien. Dies ist der entscheidende Unterschied zur Frauenquote, die nur *ein* Auswahlkriterium kennt und damit eine genügend große Anzahl von Personen übrig läßt, die die gefragte Qualifikation besitzen. Das neue Gesetz hingegen kann nicht mehr gewährleisten, daß sich unter den ermittelten Personen solche befinden, die die Anforderungen einer bestimmten Position erfüllen können. Das führt zu Besetzungen aus der ›zweiten‹ Reihe – im schlimmsten Fall aber zu totalen Fehlbesetzungen.

So kann es zum Beispiel passieren, daß der Leiter einer Postfiliale in Berlin, ein 43 Jahre alter Migrant ohne Hauptschulabschluß, nicht weiß, wie ein Paketschein richtig ausgefüllt wird – er ist funktionaler Analphabet. Was die Deutsche Post jedoch nicht so tragisch findet, da ja die meisten Paketscheine inzwischen sowieso online erstellt würden. Durch die gesamte deutschsprachige Presse ging das Tiefbauamt der Stadt Leeburg. Aufgrund der Quotenregelung wurden dort Zug um Zug mehrere Stellen, darunter auch die Amtsleitung, ziemlich ›suboptimal‹ besetzt, was zu einer Reihe logisch nicht nachvollziehbarer Fehlplanungen führte: Die Sanierung eines Abwasserkanals unter einer vielbefahrenen Durchgangsstraße wurde derart dilettantisch vorbereitet, daß Ausweichroute auf Ausweichroute gesperrt werden mußte, weil durch das dort nun deutlich höhere Verkehrsaufkommen (das die Verantwortlichen offenbar völlig überraschte) schon längst marode Strecken endgültig unbefahrbar wurden. Am Ende war ein kompletter Stadtteil mit circa 6.000 Einwohnern für mehrere Tage nur noch zu Fuß oder per Rad zu erreichen. Den massiven Bürgerprotest wertete der zutiefst beleidigte Oberbürgermeister als ›den populistischen Versuch, ein sinnvolles Gesetz und zugleich unsere Demokratie in Mißkredit zu bringen‹. Mancher Zeitgenosse ließ daraufhin verlauten, man könne durchaus den Eindruck gewinnen, daß die Quotenregelung bereits jetzt auch für die Vergabe politischer Ämter gelte ...«

Der Artikel zählt noch ein paar andere abschreckende Beispiele auf, um dann die Frage zu stellen:»Quoten für Idioten?« Der Schlachtruf der Partei ›Maß und Mitte‹ (MuM) ist natürlich sehr eingängig (und wird bei der nächsten Wahl sicherlich Stimmen bringen), aber er trifft glücklicherweise nicht immer zu. Die Quotierung hat durchaus auch Beispiele vorzuweisen, bei denen trotz der rigorosen Einschränkung des Personenkreises jemand Qualifiziertes gefunden wurde, doch scheint tendenziell eher eine Negativauslese stattzufinden. Dabei ist es doch einfach vernünftig und dient dem Allgemeinwohl, wenn öffentliche Stellen mit (wenigstens einigermaßen) Kompetenten besetzt werden. Alles andere ist Verschleuderung von Steuergeldern. Zudem werde die Bevölkerung durch eine übertriebene Quotierung unnötig in eine große Anzahl Minderheiten aufgespalten, so die Rechtswissenschaftlerin Betty Barcly von der Humboldt-Universität. Das gefährde den ohnehin immer fragileren Zusammenhalt der Gesellschaft zusätzlich und schade letztendlich der Demokratie in unserem Land.«

Der Kolumnist läßt seinen Beitrag ironisch ausklingen:»Daß die Quotenregelung etwas von einer Wundertüte an sich hat, durfte man (wiederum) in Berlin erleben. Der neue Intendant der weithin bekannten Volksbühne inszeniert im Gegensatz zu den Stückezertrümmerern Castorf und Co. werkgetreu, was ihm aus Intellektuellenkreisen böse Beschimpfungen und eisige Verachtung eingebracht, aber die Auslastung des Theaters von 70% auf 95% hochgetrieben hat. Das ›spießbürgerliche‹ Publikum honoriert offensichtlich solchen ›unerträglichen Biedersinn‹.«

Wenige Tage darauf gibt die Innenministerin Trine Trecke-Grönig einer anderen, ebenfalls überregionalen Zeitung ein Interview, dessen von den abgedroschensten Worthülsen weitgehend befreite Kernaussage lautet:»Die MuM-Partei und ihr nahestehende Medien polemisieren seit Wochen gegen die Quotenregelung und scheuen sich dabei nicht, auch fake-news zu verbreiten. Ich möchte deshalb die Gele-

genheit nutzen, ein paar Dinge zurechtzurücken. Es gab An-
fangsschwierigkeiten, ja, und ich habe überhaupt keine
Schwierigkeiten damit, dies zuzugeben. Aber die Quotenregelung ist dennoch ein voller Erfolg und wird deshalb
weiter verfeinert. Denn dem Ziel, in Deutschland mehr Gerechtigkeit herzustellen, sind wir wieder ein großes Stück
nähergekommen. Meine Partei wird angesichts dieser be-
deutenden Fortschritte dafür kämpfen, daß noch in dieser
Legislaturperiode Abschnitt 8, § 37 des Allgemeinen Gleichbehandlungsgesetzes AGG auch auf Privatunternehmen
ausgedehnt wird. Notfalls verlassen wir die Regierung und
suchen uns andere Mehrheiten.«

Von Neuwahlen spricht TTG, wie sie von Parteifreunden
genannt wird, wohlweislich nicht. Denn es steht momentan
zu befürchten, daß MuM die Fünf-Prozent-Hürde deutlich
überspringen würde. Alle Versuche, diese Partei über den
rechten Rand zu drücken, haben bisher leider nichts gebracht. Doch die Innenministerin baut auf die Wirkmacht
des Wortes Gerechtigkeit. Die Menschen müßten nur richtig
begreifen, daß alles zu ihrem Besten geschehe. Ihre Partei
bleibe dem Wohle der Bürgerinnen und Bürger verpflichtet,
egal, welches Geschlecht sie hätten, woher sie kämen, was
sie könnten und wie alt sie seien.

10

Sie sitzt neben ihm! In seinem Auto! Das schier Unglaubliche, hier wird's Ereignis.

Wie konnte das geschehen? Ein furchtloser Fabian hat die Gunst der Stunde entschlossen genutzt. Aber der Reihe nach. Vor zwanzig Minuten ist eine bewegte Sitzung zu Ende gegangen. Außer dem MEKL-Vorstand haben Herbert Malstein und fünf weitere Klubmitglieder, die sich mit der Modellanlage besonders gut auskennen, daran teilgenommen. Das einzige Thema ist die quotengerechte Anpassung gewesen. Es wird dringlich, denn die Agentur für Gleichstellung und Quotierung hat eine Inspektion der Anlage für Anfang April angekündigt, was für alle wie eine Drohung wirkt. Soll man es bei *Reusenstadt* belassen und, falls das allein nicht ausreichen wird, Herberts Nostalgietrick aus der Tasche ziehen? Die Vorsitzende hat sich sehr geduldig den Austausch der Argumente angehört, die Zusammenfassung der Diskussion nach gut zwei Stunden Fabian überlassen und dann, ihren schon im Dezember gemachten Vorschlag aufgreifend, ganz ruhig gesagt:»Wir schreiben einen Brief an die Agentur für Gleichstellung und Quotierung, in dem wir den aktuellen Stand darlegen. Es fehlt an passenden Figürchen, die man kaufen kann. Damit liegt der Ball wieder im Feld der Agentur.« Donnerwetter, bella Maria lernt unglaublich schnell, jetzt benutzt sie sogar schon die in Politik und Geschäftswelt so beliebten Phrasen.

Lotte Stiftlein wird diesen Brief schreiben und Maria Estrella unterschreiben. Nach diesem Beschluß allgemeiner Aufbruch. Der Martin hat vom Ausgang her gerufen, es regne ziemlich heftig. Falls jemand zu Fuß da sei und den Schirm vergessen habe, könne er den im Auto mitnehmen. Das hat bei Flasch wie eine Initialzündung gewirkt. Plötzlich mit der Vorsitzenden allein im Raum – sie hat sich beim Anziehen des Mantels Zeit gelassen –, ist ihm die Frage »Bist du mit Schirm da?« wie von selbst über die Lippen gekommen. Und auf das erhoffte Nein hin hat er »Ich kann dich mit dem Auto nach Hause fahren« ohne das klitzekleinste Wimpernzucken nachgeschoben. Daraufhin ein ewiglanges Nachdenken. Endlich ein leichtes Kopfnicken, von einem eher spröden Lächeln begleitet.

Fabian biegt vom schlecht beleuchteten Bahnhofsgelände in die belebte Hauptstraße ein.

»Wo darf ich dich hinfahren?«

Als sie nicht antwortet, sieht er sie vorsichtig von der Seite an. Maria blickt unverwandt geradeaus. Welch ein schönes Profil!

Er räuspert sich. Hat sie ihn vielleicht nicht verstanden, soll er noch einmal nachfragen?

»Laß mich in der Schillerstraße aussteigen.«

Mitten in der Stadt wohnt sie also. »Welche Hausnummer?«

Nach kurzem Überlegen: »Nummer 30. – Ja, Nummer 30.«

Ein richtiges Gespräch entwickelt sich nicht. Erstens muß sich Fabian des starken Regens und der verschwommenen Lichter wegen – die Scheibenwischer schmieren ein bißchen – sehr auf den Verkehr konzentrieren, zweitens fällt ihm nichts ein und drittens scheint seine Beifahrerin in Gedanken versunken. Egal, sie sitzt neben mir, ich habe sie ganz für mich allein, nur das zählt.

Die Schillerstraße verbindet die Bismarck- mit der Königsstraße. Sie ist verkehrsreich und nicht besonders lang. Zwischen kleineren Geschäften stehen ein paar ältere Wohnhäuser und am Ende – ziemlich deplaziert und deshalb von den Alteingesessenen mehrheitlich als Schandfleck wahrgenommen – ein Wohnsilo aus den 70er Jahren im Brutalismus-Stil. Langsam und dicht am Bordstein fährt Fabian Flasch die Straße hoch. Die Hausnummern sind bei der künstlichen Beleuchtung teilweise schlecht zu lesen oder gar nicht zu finden. Nummer 4, dann erst wieder die Nummern

12, 14 und 16. Danach die hellen Schaufenster von zwei, drei Boutiquen. Nun schon die Nummer 26, und wenige Meter weiter die Einmündung in die Bismarckstraße. Hinter ihm hupen sie. In seiner Not fährt er halb auf den Bürgersteig, der zum Glück recht breit ist.

»Du wohnst im Hochhaus?«

»Danke für das Mitnehmen.« Maria Estrella steigt schnell aus und flüchtet sich unter das Vordach des Wohnsilos. Wenigstens hat sie es nicht weit zu ihrer Arbeitsstelle, denkt er, während er ihr sinnend nachschaut. Als er sich vorsichtig wieder in den fließenden Verkehr eingefädelt hat, steht sie immer noch vor der breiten Eingangstür aus Glas. Sie schaut mir nach. Hat sie mir da nicht eben sogar verhalten zugewinkt?

Beim Einbiegen in die Bismarckstraße fährt er beinahe einen Fußgänger um. Der zeigt ihm empört den Mittelfinger. Müssen die bei dem Wetter auch immer so dunkle Kleidung tragen?

Die Vereinsvorsitzende hat gewartet, bis Flaschs Auto um die Ecke verschwunden ist. Dann verläßt sie das trockene Plätzchen unter dem Vordach von Nummer 28 und eilt zwischen Schirmen hindurch dem *Institute for German Asian Concerns* in der Königstraße entgegen.

Zwei Tage lang ringt Fabian Flasch mit sich. Soll er oder soll er nicht? Dann greift er in der Mittagspause zum Telefon und ruft bei Maria im Büro an. Er läßt es mindestens eine Minute klingeln. Aber niemand nimmt ab. Ach, sie wird wohl auch eine Pause machen.

Am Nachmittag dasselbe Ergebnis. Sein Mut sinkt beträchtlich, fängt sich jedoch wieder am Abend. Diesmal probiert er es mit ihrer Händi-Nummer. Aber es meldet sich nur die Sprachbox mit seelenloser Automatenstimme. Er bricht den Anruf ab und überlegt. Immer wieder probieren, bis er Maria doch noch erreicht, oder sofort eine Nachricht hinterlassen? Er geht ein paarmal im Zimmer auf und ab. Dann wählt er erneut.

»Maria, hier spricht Fabian – Fabian Flasch. Ich möchte dich gerne mal ...« Er atmet durch. »Nun, ich würde dich gerne mal zum Essen einladen. Wir könnten uns doch abends treffen. Was meinst du? Ich würde mich freuen – sehr freuen.« Unglaublich freuen, es wäre die Erfüllung meiner Träume. Da hat er aber seine Ansage schon längst beendet. Bis zum Donnerstag sitzt er wie auf heißen Kohlen. Als dann gegen 19 Uhr sein Händi klingelt und ihr Name angezeigt wird, versetzt ihn dies in eine kurze Schockstarre. »Ja, bitte?« Er könnte sich für das leichte Zittern in seiner Stimme ohrfeigen.

»Hier Maria. Du hast mich angerufen.«

Sie läßt ihn die Einladung wiederholen und sagt dann: »Ja, das können wir machen. Wann und wo?«

Ich Trottel. Ein Lokal habe ich mir noch gar nicht überlegt. Wie peinlich! Ganz ruhig bleiben.

Nahezu kaltblütig seine Antwort: »Machen wir doch am besten erst mal einen Termin aus. Dann entscheiden wir uns für ein Lokal. Ich habe da ein paar Adressen.« Was zwar im Prinzip stimmt, allerdings handelt es sich dabei nur um gutbürgerliche Gaststätten und ein paar Kneipen. Er aber will Maria doch beim ersten Mal unbedingt etwas bieten.

11

Am übernächsten Freitag nähert sich Fabian Flasch deutlich vor der Zeit dem Marktplatz, ihrem vereinbarten Treffpunkt. Er brauche sie nicht abzuholen, hat Maria gemeint, sie könne ganz gut ein paar Schritte laufen. Es ist ein für Ende März ungewöhnlich lauer Abend, der viele Leute in die Stadt gelockt hat. Der mutige Flasch trägt deshalb auch keinen Mantel, sondern nur eine Kombination aus gemustertem mittelblauem Sakko und grauer Hose, dazu eine dunkelrote Krawatte. Sein dunkler Anzug ist ihm dann doch zu altbacken erschienen. Er solle sich endlich mal etwas Anständiges zum Anziehen kaufen, hat ihm seine Mutter an der Wohnungstür gesagt. Na, vielleicht werde diese Maria ja den entscheidenden Anstoß dazu geben. Dann hat sie ihrem Sohn viel Spaß gewünscht und dabei geseufzt.

Lischdas Marktplatz muß man ein wenig gesichtslos nennen, doch der Brunnen in der Mitte – er deutet eine Ansammlung von verzückten Menschen beiderlei Geschlechts an, die ein inwendig vergoldetes Gefäß gegen den südlichen Himmel halten – macht Eindruck. Er wurde in den 60er Jahren des vergangenen Jahrhunderts von einem einheimischen Bildhauer namens August Rodinstein geschaffen und ist der ganze Stolz der offiziellen Stadt.

Fabian bleibt am Ende der Fußgängerzone stehen. Von hier aus hat er den Platz nahezu vollständig im Blick. Am Brunnen will er nicht unnötig lange stehen, da käme er sich doch wie auf dem Präsentierteller vor. Er schaut in die Schaufenster der Parfümerie, ohne die Auslagen wirklich wahrzunehmen. Als die Turmuhr der nahegelegenen Stadtkirche die volle Stunde zu schlagen beginnt, schlendert er zum Treffpunkt hinüber.

Und da sieht er sie auch schon kommen. Unverkennbar ihr gleichmäßiger, kerzengerader Schritt. Unübersehbar der hellgelbe Mantel, der mitsamt seiner Trägerin dem Frühling huldigen will. Unüberhörbar jetzt das Klacken der hohen Absätze.

Fabian Flasch registriert, als ihm Maria Estrella die Hand gibt, voller Genugtuung die neugierigen Blicke der umstehenden Leute. Leider ist niemand darunter, den er kennt.

Das »Ristorante Da Luigi« befindet sich in einer belebten Seitengasse, die Altstadtflair ausstrahlen soll, angesichts frisch renovierter Fassaden allerdings leicht kulissenhaft wirkt. Bis auf »Welch ein schöner lauer Abend«, »Hier entlang« und »Gleich sind wir da« gehen sie schweigend nebeneinander her. Auf ihren Stöckelschuhen ist sie ja beinahe ein bißchen größer als ich.

Das gut besuchte Lokal empfängt sie mit italienischem Ambiente und weiß eingedeckten Tischen. Unschlüssig bleibt Fabian gleich am Eingang stehen. Maria hat sich halb an ihm vorbeigeschoben und wirft ihren intensiven Blick in die Runde.

Nach wenigen Augenblicken kommt ein Kellner in weißem Hemd, schwarzer Hose und Fliege auf sie zu. »Haben Sie reserviert, mia signora illustrissima?« Trotz allem sprachlichen Bemühen handelt es sich offensichtlich um einen Türken. Weit italienischer ist sein verzehrender Blick auf Maria Estrella.

»Einen Tisch für zwei Personen auf den Namen Flasch.« Das Ristorante hat ihm übrigens Lotte Stiftlein empfohlen.

Der Kellner beachtet ihn erst jetzt, schaut ihn von oben bis unten an, lächelt süffisant und geht zur Theke hinüber. Dort fährt er mit dem Finger in einem aufgeschlagenen Buch auf und ab. »Flasch, Flasch ... Flasch ... ah, hier. Bitte folgen Sie mir.« Er führt sie zu einem Zweiertisch etwas abseits. »In Ordnung?« Ohne auf eine Antwort zu warten, hilft er Maria aus dem Mantel.

Unter der schwarzen Kostümjacke trägt sie ein gerade geschnittenes weißes Top, das ein paar Quadratzentimeter makelloser Haut freiläßt. Fabian Flasch kommt sich neben diesem Traum von einer Frau popelig vor. Jetzt schiebt dieser Kellner ihr beim Hinsetzen auch noch den Stuhl unter.

Nachdem Maria sofort und Fabian nach kurzem Überlegen einen Aperitif dankend abgelehnt haben, werden ihnen die großformatigen Menükarten geöffnet vorgelegt. Zusätzlich rückt der Kellner noch eine schwarze Tafel heran, auf der mit Kreide, wegen der eigenwilligen Handschrift nicht ganz einfach zu lesen, weitere Gerichte aufgeführt sind. Ob er schon etwas anderes zum Trinken bringen dürfe? Ja, eine große Flasche Wasser bitte. Acqua naturale o acqua gassata? Da Maria nicht reagiert, bestellt Fabian stilles Mineralwasser.

Beide studieren die Karten sehr ausgiebig. Zwischendurch gießt ihnen der Kellner aus einer grünen Flasche Wasser in die dafür vorgesehenen Gläser ein und sieht sie dabei fragend an.

»Weißt du schon, was du nimmst? Ich schwanke.«

»Ja, Insalata Mista.« Maria schlägt die Karte zu.

»Nur einen Salat? Du kannst ruhig noch was anderes nehmen. Ich habe dich eingeladen.«

»Nein, danke, das ist mir genug.«

Na, klar, alles für die schlanke Figur. »Dann nimm nachher wenigstens einen Nachtisch.«

»Haben Sie gewählt?« Der Kellner lächelt Maria honigsüß an.

Fabian bestellt Filetto al Pepe Verde, dazu den empfohlenen Weißwein. Mit einem »Grazie mille« kassiert der Kellner die Menükarten ein. Marias bescheidenen Wunsch hat er mit einem leichten Zögern – kommt da noch etwas? – entgegengenommen.

Mit einer Mischung aus Stolz und Verlegenheit registriert Fabian die neugierigen, vornehmlich männlichen Blicke von den Nachbartischen her, die natürlich Maria gelten. Sie sieht aber auch hinreißend aus. Allein der schlanke Hals. Und dann dieser wunderbare Teint, der herzförmige Mund mit den wohlgeformten, lebensroten Lippen. Der kleine Schönheitsfleck neben dem feingeschwungenen Nasenflügel ist die einzige Unebenheit im aparten Gesicht.

Ernst und ohne Scheu schaut sich Maria um.

»Ein schönes Lokal, nicht wahr?« Hoffentlich gefällt es ihr.

»Was ist *schön*?«

Wie meint sie das denn? Er schaut sie an. Nein, zum Spaß hat Maria die Frage nicht gestellt. Sie hat eigentlich noch nie eine spaßige Bemerkung gemacht, fällt ihm jetzt auf.

»Das ist eine interessante Frage, über die sich schon seit Jahrtausenden die Philosophen streiten.« Im Kunstunterricht beim Haha, so sein Spitzname, haben sie bis zum Erbrechen darüber geredet. Anhand von dicken Bildbänden und jeder Menge Dias hat der Zeichenlehrer versucht, ihnen nahezubringen, daß Ästhetik nicht mit *schön* gleichgesetzt werden dürfe. Fabian hat seitdem einen eigenen Schönheitsbegriff entwickelt: Schön ist, was ihm gefällt. Ihm ist völlig egal, ob unter dem Bild Picasso steht oder Karl-Heinz Müller. Aber Maria hat wahrscheinlich auch eine eigene Vorstellung von Schönheit.

»Schau dir die Einrichtung des Lokals an oder das Gemälde hier«, zeigt Fabian auf die Wand direkt neben ihnen. Man hat sie mit einer italienischen Landschaft bemalt, klischeehaft und ein bißchen kitschig sicherlich, aber nicht unhübsch: weiße und ockerfarbene Häuser am Meer, Campanile, Strand, Fischerboote, Insel im Dunst, blauer Himmel.

»Dies ist eine schöne Landschaft. Stimmungsvoll. Mir gefällt sie jedenfalls.«

»Was ist *stimmungsvoll*?« In ihrem Blick liegt etwas, das er nicht deuten kann.

»Nun ...« Da kommt zum Glück ihr Essen, mit viel »prego« serviert.

Das Rinderfilet ist recht klein, aber es schmeckt ausgezeichnet. Auch am Pinot Grigio gibt es nichts auszusetzen (allerdings kennt sich Fabian Flasch mit Wein nicht sonderlich aus, er trinkt lieber Bier). Er winkt den Kellner heran und bestellt ein weiteres Glas davon sowie eine zweite Flasche Wasser. Er hat Durst, während Maria immer noch vor ihrem ersten Glas sitzt. Auch den Salat ißt sie mit Bedacht, so daß er sogar früher fertig wird als sie.

»Darf ich den Herrschaften noch etwas bringen?« fragt der Kellner beim Abräumen der Teller. »Ein Dessert für die Signora vielleicht?«

Maria schüttelt den Kopf. Bewundernswert, ihre Konsequenz.

»Ich nehme einen Cappuccino. Du auch?«

Sie sieht in fragend an und schweigt.

»Einen Espresso, Signora?« kommt ihr der Kellner zur Hilfe.

Nach weiteren Sekunden des Nachdenkens antwortet sie mit einem Ja, das eher nach einem »Na gut, ich will nicht schon wieder die Spaßverderberin sein« klingt.

Beim Kaffee sprechen sie über den bevorstehenden Besuch der Agenturleute, die sich die Anlage noch einmal genau ansehen wollen. Der Brief hat also die erhoffte Wirkung erzielt und dem MEKL zumindest Zeit gewonnen. Wieviel Maria doch inzwischen über Modelleisenbahnen gelernt hat. Fabian ist richtig stolz auf sie. Seine Schule!

»Unsere Modellanlage ist schön«, sagt sie unvermittelt. War das nun eine Frage oder eine Feststellung?

»Ja, du hast recht, ich finde unsere Anlage auch schön.« Da lächelt sie ihn an – zum ersten Mal, so empfindet er, ist damit bewußt Fabian Flasch gemeint.

Bald darauf bittet er um die Rechnung, die ihm in einer kleinen Mappe dezent überreicht wird. Er rundet den stolzen Betrag nach kurzem Zögern – so viel haben sie doch gar nicht verzehrt – großzügig auf. Bloß nicht negativ auffallen ... Außerdem fühlt er sich im Augenblick rundum glücklich.

Unter den Blicken der übrigen Gäste gehen sie zum Ausgang. Der Kellner hält ihnen die Tür auf. »Buona sera, signori.«

Es ist kühler geworden. Langsam gehen sie zum Marktplatz zurück. Als Fabian einer fröhlich lärmenden Gruppe junger Leute ausweicht und dabei Marias Arm streift, macht sie einen Schritt zur Seite und behält danach den Abstand bei.

»Ich bringe dich nach Hause.« Die Schillerstraße ist nur etwa zehn Fußminuten entfernt. Das wäre eine sehnlichst erwünschte Verlängerung des Abends!

»Ich werde ein Taxi nehmen.« Das wirkt nach alledem wie eine kalte Dusche, die Fabian für lange Sekunden sprachlos macht. »Für diesen kurzen Weg ...«, stottert er dann. »Ich weiß nicht einmal, wo hier ein Taxistand ist.« Sie passieren gerade den Brunnen und bewegen sich auf die Straße zu, die am östlichen Rand des Platzes vorbeiführt. »Dort drüben.« Tatsächlich, vor dem Bekleidungshaus und halb um die Ecke stehen, aus dieser Entfernung eigentlich nur schwer zu erkennen, zwei Taxis. Maria stöckelt entschlossen auf sie zu. Er folgt ihr widerstrebend. »Danke«, ruft sie, schon im Auto sitzend, und zieht, ohne eine Antwort abzuwarten, die Beifahrertür zu. Und schon geht es los. Er schaut den roten Rücklichtern nach, bis sie abgebogen sind.

Bei aller Enttäuschung, die dieser nüchterne Abschied jetzt in ihm hervorruft: Es ist ein herrlicher Abend gewesen! Von dem Lächeln vorhin zehrt er noch auf dem Weg zu seinem Auto, das er in einer Tiefgarage geparkt hat.

So schlecht stehen meine Chancen vielleicht doch nicht. Ich werde weiter um ihre Gunst kämpfen. Es geht gar nicht anders, denn ich liebe sie. Ja, ich liebe sie!

»Endlich, Maria Cecilia Olimpia«. Dr. Spalonzano erwartet sie bereits in der hohen, wegen der Nachtschaltung nur mild ausgeleuchteten Eingangshalle des *Institute for German Asian Concerns.* »Du bist schon ein wenig über die Zeit. Ich habe mir Sorgen gemacht.« Der kleine, grauhaarige Mann mit dem penibel zurechtgestutzten und von vielen weißen Borsten durchsetzten dunklen Schnauzbart faßt sie leicht am Arm und führt sie zum Aufzug hinüber. Welch ein zum Lachen reizender Kontrast: Sie im modischen gelben Mantel und um mehr als einen Kopf größer als er, der einen langen weißen Arztkittel trägt.

Sie fahren in den dritten Stock hinauf und gehen einen schwach erleuchteten Gang entlang. Fast auf der Hälfte bleibt Dr. Spalonzano stehen und schließt eine Tür auf. Er drückt den Lichtschalter und schiebt Maria Estrella vor sich her in ein Zimmer mit weiß gestrichenen Wänden. Hier gibt es einen Schreibtisch, eine Liege und eine geblümte Couchgarnitur mit niedrigem Tisch. Dorthin geleitet er sie.

»Erzähl, wie der Abend verlaufen ist.« An einigen Stellen unterbricht Dr. Spalonzano ihren Bericht. »Du hast wirklich nur den Salat gegessen? Sehr gut. Vergiß nie, daß du mit dem Essen sehr vorsichtig sein mußt. Es könnte sonst gefährlich werden.«

»Was ist *schön*, lieber Doktor?«

»Wie kommst du darauf, Maria?« Er schaut sie einigermaßen verblüfft an.

Da wiederholt sie wortwörtlich, was ihr Fabian Flasch im Ristorante gesagt hat.

»Das sollten wir besser morgen besprechen. Es wird Zeit, daß du deine Reserven wieder auffüllst.« Spalonzano blickt zur Liege hinüber.

Sie steht langsam auf und verharrt in steifer Pose. »Was bedeutet *stimmungsvoll*?« fragt sie sehr leise.

12

Fast noch zu nachtschlafender Zeit hat sich Maria Estrella vor den Monitor gesetzt und all die Bilder und Videos zum Thema Schönheit angesehen. Dr. Spalonzano hat ihrem dringenden Wunsch entsprochen und das Material nach kurzem Zögern zur Verfügung gestellt. Eine derart wißbegierige Schülerin kann man nicht hinhalten. Warum auch? Ist es nicht besser, sie lernt es bei ihm als von jemand anderem? Aber den wichtigen Termin darf sie dennoch nicht versäumen.»Los, Maria, es wird Zeit!« Spalonzano bleibt in der Tür stehen. Zum Glück muß sie sich nicht mehr umziehen. In dem eleganten roten Zweiteiler wird sie wieder Eindruck machen.»Das Auto wartet schon auf dich.«

Er begleitet sie in die Tiefgarage, wo sie in einen schwarzen Kleinwagen steigt. Bully, der so schweigsame wie durchtrainierte Chauffeur fährt sofort los.

In einer Nebenstraße, nicht weit vom Bahnhof Lischda-West entfernt, läßt er Maria Estrella aussteigen. Wieder einmal liegen schrecklich langweilige Stunden vor ihm, denn er muß hier auf ihre Rückkehr warten. Hoffentlich ist sie diesmal nicht so eigenmächtig wie vor wenigen Wochen. Da hat sie sich einfach von diesem Flasch kutschieren lassen, und ihn selbst haben sie erst lange danach informiert. Völlig umsonst bei dem Scheißwetter im Auto gesessen ... Aber bei allem Ärger über diese dauernde Warterei auf eine – zugegebenermaßen – schöne, doch leider sehr, sehr unnahbare Frau, die nie mit ihm spricht: sie bezahlen außerordentlich gut.

Als die Vorstandsvorsitzende im Klubheim eintrifft, sitzen Frau Plischke und Herr Bluhm von der Agentur für Gleichstellung und Quotierung bereits mit Fabian Flasch und Herbert Malstein zusammen. Ein bemerkenswertes Pärchen: Sie klein und dünn, starke Brille, zu einem Helm frisiertes schwarz gefärbtes Haar, grell geschminkt, dunkelblauer Blazer über weißen Leggins, dazu goldfarbene *Sneakers*; er gravitativ benachteiligt, wie es im politisch korrekten Sprachgebrauch heißt, beginnende Glatze und ein Händedruck, der einem Schraubstock gleicht.

Nicht nur Fabian ist hin und weg von Marias blendender Erscheinung, auch Herbert lächelt zufrieden – so wird sie die beiden Fuzzis von der Agentur bestimmt beeindrucken. Schau an, es funktioniert bereits: Herr Bluhm hat zentimeterlange Stielaugen bekommen.

»Lassen Sie uns bitte keine weitere Zeit verlieren.« Frau Plischke erhebt sich mit einem schiefen Blick auf Maria, die immer noch steht, und entnimmt ihrer dünnen Aktenmappe ein paar Papiere. »Wir werden die Mängelliste abarbeiten müssen. Leider sind wir erst seit kurzem mit Ihrem Fall befaßt.« Und Herr Bluhm ergänzt: »Unsere Diwischn ist in den letzten Monaten personell stark aufgestockt worden. Es gibt unglaublich viel zu prüfen. Wir kommen kaum nach. Auch ich bin ziemlich neu bei der Agentur. War früher Stahlarbeiter.« Er hebt seine riesigen Hände in die Höhe. »Ich glaube, man sieht's auch.« Dazu ein kräftiges Lachen, das seine ganze massige Gestalt erfaßt.

»Kein Wunder, wenn man so ein – ein blö... – so ein unpraktisches Gesetz erläßt«, grummelt Malstein vor sich hin.

»Wie bitte?« Frau Plischkes Stimme klingt scharf.

»Der bdvv wird immerhin in Karlsruhe gegen das Gesetz klagen«, wird Herbert etwas lauter.

»Der bdvv?«

»Der Bundesverband deutscher Vereine & Verbände, *das* sollten Sie zumindest wissen. Die Vereine leiden doch ganz besonders. Die bekommen völlig falsche Leute aufs Auge gedrückt.«

Frau Plischkes Miene verfinstert sich weiter.

»Unser Klub kann sich allerdings nicht beklagen«, wendet Fabian Flasch schnell ein. »Mit Maria – äh, mit Frau Estrella haben wir einen richtig guten Fang gemacht.« Dabei wirft er einen verliebten Blick auf seine Vorstandsvorsitzende.

»Wir wollen uns doch nicht streiten«, versucht Herr Bluhm die Gemüter zu beruhigen. Er lacht wieder, diesmal allerdings nicht ganz so laut.

Drüben im Schauraum schaltet Fabian Flasch das helle Arbeitslicht ein.

»Wir haben auf die Mängelliste der Agentur selbstverständlich reagiert«, ergreift Maria Estrella zum ersten Mal das Wort. Ihre ruhige, angenehme Stimme nimmt sofort ein, Aussehen und Kleidung tun ihr übriges: Plischke und Bluhm – der sowieso – hören den Ausführungen der Vorstandsvorsitzenden bis zum Ende zu, ohne sie einmal zu unterbrechen.

Frau Plischke blättert in ihren Unterlagen. »Es wurde anläßlich der Modellbahnausstellung des MEKL im Februar letzten Jahres festgestellt, daß Ihre Anlage hier gegen Abschnitt 8, § 36 des AGG verstößt. Später ist Ihnen die Frist bis zum Ende des letzten Jahres verlängert worden. Und dann ...«

»Anfang dieses Jahres haben wir der Agentur einen Brief geschrieben, in dem wir dargelegt haben, daß es keine Figürchen zu kaufen gibt, die die ethnische Vielfalt unserer Gesellschaft korrekt widerspiegeln«, hilft Maria Estrella nach.

Endlich wird die Plischke unter ihren Papieren fündig. »Ach ja, hier. Nun gut, dann wollen wir mal sehen, was zu ändern ist – auch ohne Figürchen mit Migrationshintergrund. Daß es sie noch immer nicht gibt, ist übrigens ein Skandal. Man müßte die Spielzeugfirmen dazu zwingen.« Seufzend wendet sie sich der Anlage zu. »Laut Liste muß erst einmal die Zigarettenreklame an der Litfaßsäule vor dem Hauptbahnhof verschwinden.« Sie beginnt halblaut die Figuren zu zählen. »Ich sehe hier zweiundzwanzig Modellfiguren rund um den Bahnhof, und darunter befinden sich lediglich sieben Frauen. Deutlich weniger als ein Drittel Frauen – das verstößt zweifelsfrei gegen das Gleichbehandlungsgesetz.« Ihre durch die Brillengläser stark vergrößerten Augen blicken strafend.

»Auf Empfehlung von Frau Lukow haben wir den Hauptbahnhof in Reusenstadt umbenannt. Dann wären alle Probleme beseitigt, hat sie uns damals versichert. Fragen Sie sie doch danach«, begehrt Malstein auf.

»Frau Lukow ist inzwischen die Leiterin der Agentur in Lischda, sie wird für so etwas keine Zeit mehr haben. Außerdem«, die Plischke tippt mit ihrem Kugelschreiber einen Gleisarbeiter an, »ändert die Umbenennung nichts an der viel zu niedrigen Frauenquote und der unstatthaften Zigarettenreklame.«

»Sehen Sie genau hin.« Maria Estrella zeigt mit einer weit ausholenden, formvollendeten Geste auf die Anlage. »Erkennen Sie die Schönheit des Aufbaus? Wissen Sie, was Schönheit ist?«

Und nun referiert sie, was sie Stunden zuvor gehört und gesehen hat.

Das Staunen über Schönheit gehöre seit der Antike zu den wichtigsten Themen der Philosophie. Schon Platon habe sich in seinem Symposion damit beschäftigt, wie Schönheit auf die Menschen wirke. In der Philosophie des Mittelalters habe Schönheit als »Glanz der Wahrheit« gegolten, eine Eigenschaft von Gedanken, die von deren Übereinstimmung mit der Wirklichkeit abhänge. In der neuzeitlichen Philosophie beschäftige sich die Ästhetik mit der Frage, was denn Schönheit überhaupt sei. Dabei werde sie nicht mehr als Eigenschaft von Gegenständen definiert, sondern als Urteil des Verstandes.

»Johann Joachim Winckelmann entwickelte ab 1755 und speziell in seinem 1764 erschienenen Hauptwerk *Die Geschichte der Kunst des Altertums* Kriterien einer Ästhetik des Schönen und identifiziert einen klassischen Kunststil, den er zum Maßstab seiner Beurteilung erhebt. Sein Versuch einer Stilgeschichte gibt dem Idealen, der *edlen Einfalt* und *stillen Größe* einen Kontext. Hingegen engte der Philosoph Georg Wilhelm Friedrich Hegel den Begriff Ideal auf die Kunst ein: Die Aufgabe der Kunst sei die sinnliche Darstellung der absoluten Idee als Ideal. Immanuel Kant gibt die wohl einflußreichste philosophische Definition für den Begriff Schönheit in der Neuzeit. Er definiert Schönheit als Gegenstand einer bestimmten Tätigkeit der Urteilskraft.« Und immer so weiter und immer so fort.

Fabian hängt an ihren Lippen. Himmel, das kommt ja ganz von innen, ihr Gesicht leuchtet, sie ist die herrlichste Verkörperung dessen, worüber sie spricht.

Maria Estrella beendet nach etwa fünfzehn Minuten ihren gelehrten Vortrag. Dann schaut sie lächelnd in die Runde.

Während die Plischke nach Worten sucht, greift sich Bluhm zu Fabian Flaschs stummem Entsetzen die Schnellzug-Dampflokomotive der Baureihe 18 505 mit Schlepptender, die auf einem Rangiergleis direkt hinter dem umlaufenden Geländer steht. »Ja, wirklich, ein schönes Modell.« Er hält die Lokomotive, während er sie sich von allen Seiten ansieht, ganz behutsam in seinen Pranken, stellt sie dann vorsichtig auf die Schienen zurück. »Lassen Sie sie doch bitte einmal fahren.«

»Später«, meldet sich die Vorstandsvorsitzende wieder. »Ich möchte Ihnen erst noch unser Nostalgie-Konzept erläutern. Die Anlage zeigt die 60er Jahre des letzten Jahrhunderts. Da war Zigarettenreklame noch erlaubt ...«

»Und es gab nur männliche Bahnhofsvorsteher«, ruft Herbert Malstein dazwischen. »Für die Gleisarbeiter gilt das noch heute.«

»Nach dem Quotengesetz bald nicht mehr.« Frau Plischke wirkt angefressen. »Und Sie wollen mir doch nicht erzählen, daß damals nur wenige Frauen mit der Bahn fuhren. Das, was ich hier sehe, ist doch eine klare Macho-Perspektive. Ich weiß nicht, warum Sie als Frau das überhaupt mitmachen.« Sie wirft Maria einen mißmutigen Blick zu, in dem ein Kenner menschlicher Regungen auch ein Fünkchen Neid entdecken würde.

»Wir möchten Sie beide bitten, unser Nostalgie-Konzept als Lösung in Betracht zu ziehen«, läßt sich bella Maria nicht beirren. »Über die Anzahl Frauen können wir gerne reden.«

Herr Bluhm strahlt sie an. »Ja, klar, das geht in Ordnung –
denk' ich.« Er schielt dabei auf seine Begleiterin.
Die trippelt in ihren goldenen Schühchen aufgeregt hin
und her. »Ganz langsam, und keine voreiligen Versprechun-
gen, Herr Bluhm. Ich möchte ganz gerne noch die restliche
Liste durchgehen.«
Doch fast jede Beanstandung – zum Beispiel die fehlende
Moschee – wird von den MEKLern mit dem Hinweis auf
den historischen Zeitrahmen zurückgewiesen. Und immer
wieder verweist Maria Estrella auf die Schönheit der Anlage,
die nicht zerstört werden dürfe.
»Die Schönheit liegt im Auge des Betrachters, wie Sie uns
vorhin selbst belehrt haben«, zischt die Plischke einmal.
»Für die Agentur ist die Einhaltung der einschlägigen Ge-
setze schön, liebe Frau Estrella.«
Als sie dann endlich das Ende ihrer Liste erreicht hat und
den Schauraum offenbar kommentarlos verlassen will, fragt
Herbert Malstein, was denn nun das Ergebnis sei.
»Über Ihr Nostalgie-Konzept muß ich mit meiner Equal
Opportunities Managerin sprechen. Aber ich will Ihnen
gleich sagen: Ich glaube nicht, daß der Klub damit durchkom-
men wird. Meine Unterstützung haben Sie jedenfalls nicht.«
Mit dieser Kampfansage wendet sie sich zum Gehen.
»Halt, Herr Bluhm wollte doch noch die Anlage in Betrieb
sehen«, ruft Fabian Flasch und erntet ein dankbares Lachen
des gravitativ benachteiligten Mannes.
»Ich warte draußen. Auf Wiedersehen.« Und weg ist die
Plischke.
Nach der Vorführung zwingt Herr Bluhm die Hand jedes
Anwesenden in seinen Schraubstockgriff. »Vielen Dank. Am
liebsten würde ich Ihrem Klub beitreten. Machen Sie sich
nicht zu viele Sorgen, verehrteste Frau Estrella«, dabei fres-
sen seine Augen die Angebetete fast auf, »Frau Plischke hat
auch nur eine Stimme.« Er zwinkert ihnen zu. Dann stampft
er seiner Kollegin hinterher.
Die MEKLer gehen in den Klubraum zurück. Fabian und
Herbert schauen aus dem vergitterten Fenster. Die beiden

von der Agentur gehen gerade über den ungepflegten Bahnhofsvorplatz. Frau Plischke hüpft um Herrn Bluhm herum und redet dabei unablässig auf ihn ein. Dabei wippt ihr schwarzer Haarhelm heftig auf und ab.

Als Herbert mal auf die Toilette muß, nutzt Fabian die Zweisamkeit.

»Großartig, Maria! Denen hast du den Wind aus den Segeln genommen.« Er geht auf sie zu und ergreift die weiche, kühle, untergründig feste Hand. Mit der Linken streicht er reflexartig über ihren Arm.

Mein Gott, was mache ich da bloß? Doch dann übermannt es ihn. Er umarmt sie – nicht sonderlich fest. Steif wie ein Besenstil nimmt sie es hin – und schaut ihn aus großen, pechschwarzen Augen unsicher an.

Ein Räuspern verdirbt den verwirrenden Augenblick, dem bei aller Mehrdeutigkeit doch ein verheißungsvoller Anfang innewohnen könnte. Ach, Herbert Malstein, wärst du jetzt bloß auf dem Klo geblieben.

13

»Gefühle – was weißt denn du davon?« Dr. Spalonzano schüttelt ungläubig den Kopf. »Maria Cecilia Olimpia, ich verstehe nicht, wie du überhaupt darauf kommen kannst.« Soeben hat sie ihm gesagt, daß sie etwas für Fabian Flasch empfinde. Aber Empfindungen sind nicht vorgesehen. Sie soll ihre Aufgabe als Vorstandsvorsitzende dieses Klubs wahrnehmen. Dafür hat er sie mit viel Wissen ausgestattet. Etwas anderes stand nie zur Debatte.

»Immer wenn ich Fabian sehe, spüre ich etwas mir Unbekanntes, Undeutbares, aber es ist so schön, und ich fühle mich gut dabei. Dann möchte ich ihm ganz nahe sein.«

Dr. Spalonzano könnte eigentlich stolz drauf sein, daß Maria Estrella Gefühle entwickelt, bestätigt dies doch seine Überlegungen. Aber Gefühle, offenbar fortgeschrittene Gefühle für einen Mann, nein, das darf nicht sein. Das würde alles gefährden. Wie konnte es bloß dazu kommen? Er hätte es also doch nicht zulassen dürfen, daß sich die beiden in letzter Zeit öfters auch außerhalb der Vereinsstunden getroffen haben. Die Sache hat sich ersichtlich und dummerweise anders entwickelt als geplant. Sein Verfahren hat anscheinend noch ein paar Mängel. Er wird dies alles mit Ernesto, seinem Assistenten, sehr genau und vor allem ganz schnell analysieren müssen.

»Begib dich bitte auf die Liege, wir werden eine gründliche Untersuchung durchführen.«

Während Maria nur widerstrebend seiner Aufforderung folgt – ein überraschendes Verhalten, das garantiert ebenfalls seinen Grund in diesem Flasch hat –, ruft er Coppola an.

»Hast du mit TTG gesprochen?« will Kanzler Kalle Maneger von Ariane Etekar wissen. Letzte Woche hat Trine Trecke-Grönig in einem Fernseh-Interview noch einmal unterstrichen, daß die Ausdehnung der Quote auf die Privatwirtschaft für die Grünen unverhandelbar sei.

»Ja, gestern hatte ich Gelegenheit dazu. Sie meint es ernst.«

»Und will lieber auf ihren schönen Dienstwagen verzichten? Never ever.« Die Ständige Beraterin Thea Winterborn lacht kalt. »Man sollte ihr klar machen, daß ein Festhalten an dieser Forderung das Ende der Koalition bedeutet.« Als sie Manegers Gesichtsausdruck sieht, schiebt sie ein »Oder?« nach.

Alle im Küchenkabinett warten gespannt auf die Antwort.

»Man sollte nicht mit Steinen werfen, wenn man selbst im Glashaus sitzt. Nach den neuesten ...« Er hält abrupt inne, denn die übereinandergeschlagenen Beine von Ines-Mercedes Holterkamp-Ruiz sind in sein Blickfeld geraten. »Äh, was wollte ich sagen? – Richtig, die neuesten Umfragewerte.«

»Die sehen für alle Parteien der Tansania-Koalition nicht sonderlich gut aus«, ergänzt die Leiterin des Planungsstabes, die den Grund für des Kanzlers Zögern durchaus erkannt hat. Er hat sich doch ziemlich gut im Griff, der liebe Kalle. Ein bißchen leid tun ihr die Männer schon. Sie sind den Frauen gegenüber zum Schweigen verurteilt: kein Kompliment mehr zu Kleidung, Frisur, Aussehen, Figur. Daran wird so mancher ersticken. Sie genießt diese verstohlene Bewunderung, zumal Herr Ruiz sie schon länger nicht mehr mit solchen Augen anschaut.

»Das bedeutet doch aber, daß wir Neuwahlen nicht riskieren können. Und die wären unvermeidlich, wenn die Grünen die Koalition verlassen sollten.«

»Man könnte es mit einer Minderheitsregierung versuchen«, meldet sich der persönliche Referent Andreas Mücklich.

»Wechselnde Mehrheiten, bei denen wir von Fall zu Fall auf die Violetten angewiesen wären? Nein, danke, nicht mit mir.« Das hätte mir nicht so rausrutschen dürfen, denkt er im nächsten Augenblick, am Ende bringt das den einen oder anderen auf dumme Ideen. Mir fallen da schon zwei, drei Namen ein, die auf meinen Job scharf sind. Thea Winterborn schaltet sich ein. »Erinnert ihr noch, was ich vor kurzem gesagt habe – right here in this room?« Sie läßt ihre Schildpattbrille um den linken Bügel kreisen. »Bei der durch die Quote vorgeschriebenen selection kann eventuell die quality auf der Strecke bleiben. So ist es leider gekommen. Viele Bürger sind not amused. Insbesondere die key economy lehnt weiterhin und nach den bisherigen Erfahrungen erst recht ein roll-out der Quote in ihren Verantwortungsbereich aus sattsam bekannten Gründen ab. Ein sehr anschauliches Negativbeispiel ist übrigens die Nationalmannschaft. Der Fußballbund, immer am Mainstream orientiert, um sich bei Politik und veröffentlichter Meinung lieb Kind zu machen, damit seine Millionengeschäfte ungestört ablaufen können, hat dem Bundestrainer garantiert auch eine Quote vorgegeben. Was öffentlich natürlich bestritten wird. Das Ergebnis war die 2:3-Niederlage einer Auswahl von unterdurchschnittlichen Spielern gegen Aserbeidschan, in der FIFA-Rangliste auf Platz 88. So etwas regt den Bundesbürger viel mehr auf als das Gegrummel aus den Chefetagen der Unternehmen oder schlechter Service in den Ämtern.«

Gar nicht so schlecht, wenn die Kicker an Bedeutung verlieren, dann muß ich meine Zeit nicht mehr auf zugigen Tribünen und in schweißtriefenden Kabinen verbringen, freut sich Maneger klammheimlich. Er hat früher am liebsten Tischtennis gespielt.

»Aber als wir damals die Koalitionsverhandlungen geführt haben, warst auch du nicht gegen die Quote, my dear Thea«, sagt Kanzleramtsministerin Paula Neumüller mit einem gewissen Unterton. Diese Tussi in dem schrecklichen, überdimensionierten Hosenanzug geht ihr schon lange auf den Keks. Wie konnte Kalle diese notorische Besserwisserin, die sich Philosophin und Politologin schimpft, bloß zur Ständigen Beraterin machen?

Winterborn kontert kühl:»Hätten wir nicht mitgemacht, säße hier jetzt nicht der Bundeskanzler Kalle Maneger. Das Kanzleramt, nur das ist es doch, was für die Schwarzen zählt.«

»Da muß ich aber als stellvertretende Parteivorsitzende heftig protestieren«, ruft Ariane Etekar mit (gespielter?) Empörung.»Wir sind kein prinzipienloser Haufen. Alles machen wir noch lange nicht mit. Immerhin ist das Anliegen, mehr Gerechtigkeit in der Gesellschaft zu schaffen, immer noch und immer wieder richtig. Und die Quote ist ein gutes Mittel dafür.«

Mücklich streicht sich langsam über seine Glatze und schaut dabei die vollschlanke Etekar verstohlen an. Aha, Ariane rechnet sich was aus. Die verteidigt die Quote nicht nur, weil sie von Gerechtigkeitsempfinden durchdrungen ist, die will Maneger damit aushebeln und selbst ins Amt kommen.»Wir könnten doch einfach mal durchspielen, wie wir uns im Falle eines Koalitionsbruches verhalten würden.«

»Die Sache ist doch nahezu trivial. Wenn Kalle keine Minderheitsregierung will, kommt es zur Vertrauensfrage im Parlament und anschließend, wenn der Bundespräsident mitspielt, zu Neuwahlen. Falls nicht plötzlich und unerwartet ein *konstruktives* Mißtrauensvotum daraus wird.« Winterborn schaut dabei wie zufällig zur stellvertretenden Parteivorsitzenden hinüber.

»Hier steht ein riesengroßer weißer Elefant im Raum, und alle übersehen ihn geflissentlich.«

Aller Augen richten sich auf Mücklich.

»MuM – Maß und Mitte. Käme es zu Neuwahlen, dann erhalten die aus dem Stand um die 20 Prozent. Und die Schwarzen kaum mehr. Auf jeden Fall könnte dann ohne eine irgendwie geartete Mitwirkung von MuM nur schwerlich eine arbeitsfähige Regierung gebildet werden. Oder glaubt hier jemand ernsthaft, daß eine Fünfer- oder Sechser-Koalition an MuM vorbei funktionieren würde?«

Paula Neumüller hält dagegen:»Wer sagt denn, daß die zum Zeitpunkt der – hypothetischen – Neuwahlen noch solchen Zuspruch haben. Diese Waltraud Cramer ist nun wahrlich kein Zugpferd, eine ältliche Frau ohne einen Funken Sex-Appeal, und das restliche MuM-Personal besteht doch hauptsächlich aus unerfahrenen Amateuren.«

»Dafür haben die aber ziemlich wenig Fehler gemacht«, wendet Mücklich ein. »Die Kampagne gegen Deutschtümelei haben die unbeschadet überstanden. Und mit der Forderung nach Abschaffung der Quote erzielen sie in der Wählerschaft eine verdammt hohe Zustimmung.« Komisch, denkt er, da lachen ausgerechnet die Frauen am abfälligsten über die Cramer. Haben die sich schon einmal selbst richtig im Spiegel angeschaut? Die Holterkamp-Ruiz natürlich ausgenommen.

»Es ist noch nicht aller Tage Abend, Andreas. Wir müssen ganz entschieden eine andere MuM-Forderung, nämlich die nach Bekämpfung des Denglisch, als spießig und engstirnig, eben als uncool brandmarken. *Klapprechner* für Laptop oder Notebook – da lachen sich die jüngeren Wähler doch schlapp. Die kennen und können ja gar keine andere Sprache mehr. Und wenn das auch nichts helfen sollte, dann wird sich vielleicht doch noch ein brauner Fleck auf der Parteiweste finden.«

»Laß gut sein, Paula. *Alle* in der Koalition vertretenen Parteien und die Violetten sowieso haben es doch schon vorsorglich abgelehnt, mit MuM zusammenzuarbeiten«, meldet sich der Kanzler endlich wieder zu Wort. »Da würden wir doch total unglaubwürdig, wenn wir nach einer Wahl plötzlich mit denen eine Regierung bilden wollten. Ich für meinen Teil kann es mir jedenfalls nicht vorstellen. – Was ist denn los, Thea?«

Die Angesprochene bekommt kaum Luft vor Lachen. »Unglaubwürdig«, japst sie, »unglaubwürdig, weil wir eine Zusammenarbeit bisher strikt abgelehnt haben? Seit wann interessiert die Politik denn ihr Geschwätz von gestern? Entschuldigt, aber das ist wirklich ein guter Witz!«

»Zum Glück hast du selbst nie derartige Äußerungen zu MuM getan, Kalle«, versucht es die Kanzleramtsministerin in sachlichem Ton. »Das haben wir Ralph Steger, unserem diplomierten Wadenbeißer, überlassen.«

»Steger hat in der Partei keinen großen Rückhalt und könnte bei den nächsten Vorstandswahlen schlecht abschneiden.« Ariane Etekar ist froh, daß sie diesen sauertöpfischen Kerl mit den permanent herabgezogenen Mundwinkeln nicht in ihr geheimes Netz von Unterstützern einbezogen hat.

»Wir dürfen nicht immer nur auf MuM und die Grünen schauen«, gibt Ines-Mercedes Holterkamp-Ruiz zu bedenken. »Ist es denn nicht mitentscheidend, was die anderen beiden Koalitionspartner über diese Frage denken?«

»Die Roten gefallen sich wieder einmal in einem Sowohl-als-auch, die Hansel kriegt ihren Laden einfach nicht in den Griff, da kann sie so viel Ätschi-Bätschi schreien, wie sie will. Sie ist eine Papiertigerin, auch wenn sie laut eigenem Bekunden jedem Abweichler in die Fresse hauen will. Und der blaue Lindermann«, Thea Winterborn schnaubt verächtlich durch die Nase, »hat jetzt seinen Mumm – äh, hat jetzt MuM entdeckt. Der könnte vielleicht für eine neuartige Koalition gewonnen werden. Stand heute.«

Da steckt die Vorzimmerdame den Kopf zur Tür herein. »Herr Bundeskanzler, Ihr Termin.«

Maneger erhebt sich. »Leute, ihr seht, die Pflicht ruft. Macht bitte weiter. Ich gebe folgendes in die Runde: Neuwahlen verhindern und die Quote nicht verschärfen ist meine allererste Option. Vielleicht sollte ich noch mal mit der Trine reden. Welches Angebot könnte man ihr machen? Denkt darüber nach!«

Er nickt in die Runde und verläßt unverzüglich den Raum.

»Ich hol' dir die Sterne vom Himmel«, zitiert Mücklich einen aktuellen Schlager.

Die Etekar lacht am lautesten.

»Wir werden sie immunisieren müssen.« Ernesto Coppola zeigt auf die tief und fest schlafende Maria.

»Dann müssen wir praktisch ganz von vorn beginnen. Das bisher Gelernte muß decodiert und ein neuer Lernzyklus initiiert werden.« Dr. Spalonzano seufzt. »Wir haben aber nicht viel Zeit, Ernesto. Am kommenden Montag ist wieder eine Klubsitzung, dann muß Maria fit sein. Hoffentlich ist deine neue Methode einsatzbereit.«

»Keine Sorge. Morgen früh können wir beginnen.« Er streichelt der Estrella mit dem Handrücken über die Wange. »Ein wirklich hübsches Ding. Man könnte beinahe auf falsche Gedanken kommen. Kein Wunder, daß dieser Flasch hinter ihr her ist.«

»Aber sie darf darauf nicht eingehen, hörst du, auf gar keinen Fall! Sonst müßten wir das Experiment am Ende doch noch abbrechen. Das wäre eine mittlere Katastrophe – für uns, aber vor allem für Wissenschaft und Fortschritt.«

14

Der laue Juniabend lädt noch zu einem Spaziergang durch den kleinen Park gleich neben dem Gartenlokal ein. Fabian und Maria haben dort unter prächtigen Kastanien zu Abend gegessen – sie wieder einen kleinen Marktsalat, er diesmal nur ein Paar Rostbratwürstchen mit Brot.

Denn Fabian, der sich übrigens vor einigen Wochen leichten Herzens von seinem jahrzehntelangen Begleiter, dem Vollbart, getrennt hat, ist aufgeregt. Er hat heute abend noch etwas vor: nämlich Maria seine Liebe zu gestehen, sie dann in die Arme zu nehmen und – endlich, endlich – zu küssen. Danach wird man weitersehen.

Während sie in der fortgeschrittenen Dämmerung so dahinschlendern, hält er verstohlen Ausschau nach einer versteckten Bank. Zum Glück sind nicht sehr viele Leute unterwegs.

»Nein, Sehnsucht nach zu Hause habe ich nicht«, nimmt Maria einen Gesprächsfaden von vorhin am Tisch wieder auf. Auf den Philippinen habe sie noch eine ältere Schwester und einen jüngeren Bruder, hat sie ihm auf seine Frage nach irgendwelcher Verwandtschaft hin erklärt. Sie hätten manchmal via *Skype* Kontakt. Aber seit dem Tod der Mutter – der Vater sei schon vor langen Jahren bei einem Unfall gestorben – sei der auch nicht mehr so eng. Natürlich gebe es noch jede Menge Onkel und Tanten, aber die seien doch eher lästig. Maria läßt jetzt ihr volles, dunkles Lachen hören. »Ich fühle mich hier sehr wohl.« Dabei hakt sie sich bei ihm unter.

Fabians Herz hüpft vor freudiger Erwartung. Ja, das wird was. Und da hat er auch schon auf dem Nebenweg, den sie soeben betreten haben, ein lauschiges Bänkchen entdeckt, eingerahmt und halb verdeckt von ausladenden, dicht belaubten Sträuchern.

»Wollen wir uns nicht noch ein wenig setzen?« Er holt ein Papiertaschentuch hervor und wischt über die Sitzfläche. Sie soll sich nicht ihren hellen Rock schmutzig machen. Maria sieht ihn leicht erstaunt an, setzt sich dann aber. Und er gleich daneben, noch ein paar Zentimeter zwischen ihnen beiden freilassend. Bloß wie nun weiter? Fabian fehlt die Erfahrung. Als er zum letzten Mal eine Frau geküßt hat, da war er neunzehn. Martina hat die geheißen, zwei Klassen unter ihm, auf einem Schulfest. Ein bißchen Gefummel damals – das ist es gewesen. Am nächsten Tag wollte die ihn nicht mehr kennen. Alle späteren Versuche in diese Richtung blieben schon im Ansatz stecken. Und das unglückselige Rendezvous mit Lotte Stiftleins Tochter hat ihm den letzten Rest an Selbstvertrauen in Liebessachen geraubt.

Doch jetzt sitzt er neben der schönsten Frau der Welt, und die hat ihm gerade recht deutlich signalisiert, daß sie ihn mag.

»Maria«, er macht sofort eine Verlegenheitspause, »Maria, du, ich mag dich sehr.« Dabei rutscht sein Arm von der Rückenlehne leise auf ihre Schultern. Als er keinen Widerstand spürt, zieht er sie sachte an sich. »Maria, du, ich – ich liebe dich!« Das hat er ihr ins Ohr geflüstert, und nun streifen seine Lippen ihre glatten Wangen.

Da dreht sie zu seiner maßlosen Verblüffung den Kopf zur Seite und sagt: »Nein, Fabian, so geht das nicht.«

»Ja, wie dann?« Es klingt hilflos und ungemein töricht.

Maria Estrella setzt sich kerzengerade auf, die Hände auf den Knien. »Liebe ist ein großes Wort, doch die meisten plappern es nur so daher und wissen nicht, was es bedeutet.« Ihre angenehme Stimme verrät keinerlei Emotionen.

»Aber ich weiß, daß ich dich liebe«, protestiert Fabian heftigst. »Ich weiß, was Liebe ist.«

»Wirklich? Bei wie vielen Menschen hast du denn schon geglaubt, sie zu lieben?« Sie blickt ihn weiterhin nicht an. Fabian schweigt lieber. »Sicherlich liebst du deine Mutter, und deinen Vater hast du wahrscheinlich auch geliebt. Dies aber sind zwei gute Beispiel dafür, daß die Liebe viele Gesichter hat.« Sie beginnt eine Aufzählung: Elternliebe, Kinderliebe, Geschwisterliebe, Liebe zur Natur, zur Kunst, Tierliebe, und damit noch nicht genug.

Wie kann Maria jetzt nur so kühl und beherrscht sein? Hat denn mein Geständnis nicht wenigstens etwas mehr Wärme verdient?

Doch da kommt sie auch schon zum Eigentlichen: »Die Liebe zwischen Mann und Frau drängt nach Vereinigung, heißt es. Überall wird von den Freuden der Liebe in höchsten Tönen geschwärmt, aber man meint damit nur Sex. Die körperliche Liebe aber hat auch ihre Schattenseiten. Gäbe es dieses triebhafte Begehren nicht, gäbe es kein Bedrängen, keinen Mißbrauch, keine Prostitution, keine Vergewaltigung, nicht diesen ganzen pornographischen Schmutz. Die Menschen hätten ihre Köpfe für Schönes und Wichtiges frei.«

»Aber dann gäbe es auch uns nicht, Maria«, ruft er verzweifelt in die samtene Nacht, die doch gerade gemacht scheint für die Art Liebe, der sie soeben abgeschworen hat.

»Es könnte bestimmt andere Wege geben. Die Pflanzen beispielsweise vermehren sich doch auch. Stell dir doch einmal vor, die Evolution hätte sich bei den Menschen anders entschieden.« Nach einer bedeutsamen Pause wendet sie ihm endlich ihr Gesicht wieder zu. »Fabian, laß unsere Liebe platonisch sein. Wir mögen, vertrauen und verstehen einander. Die geistige Vereinigung, das ist doch viel mehr wert als ein verschwitzter Liebesakt.«

Sie erhebt sich von der Bank und schaut mit einem ernsten, fast entschuldigenden Lächeln auf Fabian Flasch herab. »Komm, es wird Zeit. Ich muß nach Hause.« Bildet er sich nur ein, daß ein Anflug von Wehmut dabei mitschwingt?

Schweigend gehen sie dem Ausgang zu. Der Himmel hängt nicht voller Geigen, aber ein paar Glühwürmchen fliegen schon herum.

Da sitz' ich nun, ich armer Tor, und bin noch dümmer als zuvor.

Fabian liegt seit bald einer Stunde wach. Inzwischen hat er sich den Mißerfolg des Abends gedanklich rund geschliffen. Hat ihn Marias Zurückweisung zunächst verletzt und zu allem Übel wegen seiner machtvollen Erektion – Ausweis eines funktionierenden Körpers – auch noch ein Gefühl von Scham empfinden lassen, so sieht er ihr Verhalten jetzt als Ausdruck ihrer Tugendhaftigkeit. Sie ist nicht so einfach zu erobern, sie geht mit den intimen Dingen verantwortungsvoll um. Das mag in der heutigen Zeit altmodisch sein, und geht den Frauen von den Philippinen nicht ein anderer Ruf voraus? Ach, alles nur blödes Gerede. Mit Sex wird gern geprahlt, aber stimmen wird meistens doch nur die Hälfte. Obwohl – dieser Kennedy, das hat er erst die Tage im Internet gelesen, hat ja Hunderte von Frauen gehabt. Und das mit einem Rückenleiden ... Von Maria hatte er, ehrlich gesagt, vorhin ein Ja erwartet. Ein Ja zu liebevoller Umarmung, zu Küssen, die immer leidenschaftlicher geworden wären. Und dann, und dann ...Er liebt sie doch! Wie lange muß er denn noch warten? Wenn sie es tatsächlich ernst meint, wohl für immer und ewig. Er kommt sich vor wie ein Verdurstender vor einer Glasscheibe, hinter der ein wohlgefülltes Wasserbecken lockt – unerreichbar, aber immer da. Vielleicht ist sie sogar noch Jungfrau? Das hieße ja Jungfrau zu Jungfrau. Unglaublich! Die schönste Frau der Welt will eine *reine* Liebesbeziehung zu *ihm*. Schon darum werden ihn doch alle beneiden. Noch vor ein paar Tagen hat Lotte Stiftlein ihm bei einer Vorstandssitzung zugeflüstert, sie freue sich für ihn, daß er die Zuneigung einer solchen Schönheit errungen habe. Er solle bloß gut aufpassen, daß sie ihm nicht weggeschnappt werde. Wie recht Lotte hat: Überall die begehrlichen Männerblicke auf seine Maria – auch im Gartenlokal vorhin schon wieder. Sollte er dem Schicksal nicht lieber für ihre, wenn auch »nur« platonische, Zuneigung danken, anstatt zu hadern?

Ha, ich gebe die Hoffnung nicht auf. Die Zeit heilt nicht nur Wunden, sie bringt auch Wunder. Und eines hat schon begonnen. Beim Abschied hat sie ganz lange seine Hand in der ihren gehalten, da hat er gespürt, daß sie ihn am liebsten an sich gedrückt hätte. Und aus ihren wenigen Worten hat er eine hauchzarte Verheißung herausgehört. Nur blöd, daß er sein Vorhaben, Maria endlich seiner Mutter vorzustellen, nun verschieben muß. Memi kann es gar nicht mehr erwarten, die geheimnisvolle Philippinin kennenzulernen. Aber erst einmal müssen die Dinge geklärt werden. Es wird schon werden, ist sich Fabian plötzlich ganz sicher. Beruflich hat es doch auch geklappt. Sinopharm hat ihn übernommen – bei vollem Gehalt, wenn auch die Wochenarbeitszeit um zwei Stunden erhöht und der Urlaubsanspruch um zwei Tage vermindert worden ist.

Dr. Spalonzano hat wieder in der nur mild ausgeleuchteten Eingangshalle des *Institute for German Asian Concerns* auf Maria Cecilia Olimpia gewartet. Und er hat nach ihrem kurzen Bericht über den Verlauf des Abends aufgeatmet. Coppolas Maßnahmen haben zum Glück schnell gegriffen.

»Du darfst den Vorstandsposten beim Modellbahn-Klub behalten. Ich habe den Eindruck, das macht dir inzwischen richtig Spaß.« Er ist vor dem geöffneten Aufzug stehengeblieben. Eigentlich ist es ja völlig egal, ob es ihr Spaß macht oder nicht, fällt ihm ein, sie wird die Sache auf jeden Fall durchziehen müssen. Trotzdem sind zufriedene Mitarbeiter – bei diesem Wort lächelt er in sich hinein – immer besser.

»Ich habe eine kleine Überraschung für dich, meine Liebe. Ab nächster Woche wirst du Assistentin unseres neuen Geschäftsführers.«

»Haben wir denn einen alten gehabt?«

Für einen Moment ist Dr. Spalonzano sprachlos, dann droht er ihr lachend mit dem Finger. »Maria, Maria, du hast ja direkt den Schalk im Nacken. Aber ich bin sicher, Dr. Hoffmann wird dir gefallen.« Rein beruflich natürlich.

Ist es Zufall oder Fügung? Wenige Tage nach dem Parkerlebnis hört Fabian im Radio kurz hintereinander zwei Musikstücke, in denen es um eine Maria geht! Beim Sonntagsbraten die inbrünstige Anbetung aus der »West Side Story«; und am nächsten Morgen, schon auf dem Sprung zur Wohnungstür, läßt ihn die Zeile »The day I met Marie«, die aus der Küche herüberdringt, abrupt innehalten. Seine Mutter summt die Melodie mit und ruft ihm dann zu: »Ach ja, Cliff Richard, das Lied erinnert mich so sehr an die erste Zeit mit deinem Vater.« Worauf noch ein Seufzer folgt.

Wie kann man seine Gefühle für die ferne Geliebte am besten ausdrücken, wie ihr dennoch ganz nahe sein? Durch ein Gedicht! Das tausendfach bewährte Medium mit wunderschönen Schöpfungen darunter, die die Weltliteratur reich gemacht haben. Und so wagt sich Fabian Flasch, dem das Lyrische nicht unbedingt in die Wiege gelegt wurde, an einen Hymnus auf *seine* Maria. Das Herz fließt über, aber das, was auf's Papier gelangt, bleibt jedesmal nur mattester Widerschein köstlichster Empfindungen. Nach dem sechsten Versuch gibt er auf. Ein Scherzgedicht aus seiner Schulzeit allerdings, irgendwie in seinen hehren Gedankenfluß geraten, bekommt er nicht mehr aus dem Kopf: Zwei Knaben tobten einst im Stroh. / Vom einen sah man nur den Po, / vom anderen das Knie. / Der Knabe hieß Marie.

15

Ende Juni hält Dr. Hoffmann einen Vortrag in der Industrie- und Handelskammer Lischda. Am übernächsten Tag erscheint folgender Artikel in der *Lischda Post*.

Roboter sind unsere Freunde

Ein absolutes Highlight: Montag abend führte sich der neue Geschäftsführer vom »Institute for German Asian Concerns« Dr. Marte Hoffmann bei den Mitgliedern der IHK Lischda mit einem brillanten Vortrag ein. Der smarte 44-Jährige vermittelte den Zuhörern auf superspannende Weise, wo die Künstliche Intelligenz (KI) im Moment steht, wohin die Reise gehen wird und worin die Chancen dieser Technologie liegen.

Dr. Hoffmann zeigte sich überzeugt:»Wir müssen keine Angst haben, dass KI die Fähigkeiten des menschlichen Gehirns dergestalt übertreffen wird, dass der Mensch seine führende Rolle auf unserem Planeten am Ende verliert.« Sicherlich gebe es schon heute einige Bereiche, in denen schlaue Computer schneller und präziser als der Mensch arbeiten, Stichwort Big Data. Aber das seien spezielle Programme, die für bestimmte Aufgaben optimiert seien. Ganz anders sehe es aus, so der fesselnde Redner weiter, wenn man die allgemeine Lernfähigkeit von KI-Systemen mit der von Menschen vergleiche. Deep Learning, wie der Fachbegriff heißt, stecke erstens noch in den Kinderschuhen, was manchmal zu komischen Ergebnissen führe, und betreffe nur die Faktenseite, die man durch logisches Schließen maschinell bearbeiten könne. Die emotionale Ebene, die nun einmal das Menschliche ausmache, werde seines Erachtens Maschinen für immer verschlossen bleiben.

»Betrachten wir doch lieber KI als Freund und Helfer, der uns von vielen ermüdenden und geistig nicht immer anregenden Arbeiten befreien kann. Ja, KI wird unseren Alltag stark verändern«, bekannte Dr. Hoffmann, um aber gleich hinzuzufügen: »Das Gespenst eines flächendeckenden Jobverlustes wird das Schicksal aller anderen Gespenster erleiden: am Ende glaubt keiner mehr daran.«

Viel mehr Sorgen bereite ihm ein möglicher Rückstand Deutschlands und Europas in der KI-Forschung und bei der anschließenden Umsetzung der Ergebnisse in Produkte, die auf dem internationalen Markt Erfolg haben. »Ich als Geschäftsführer vom ›Institute for German Asian Concerns‹ habe tiefere Einblicke in die Forschungsanstrengungen der Chinesen. Wir hier in Europa müssen aufpassen, dass uns China, aber auch die Vereinigten Staaten nicht abhängen. Manche unserer Politiker, so viel Kritik darf erlaubt sein, reden zwar viel von Digitalisierung, die inzwischen für jedes und alles herhalten muss, aber ich habe, mit Verlaub gesagt, den Eindruck, dass man nicht so genau weiß, wovon man eigentlich spricht.« Diese Bemerkung quittierte das Auditorium mit starkem Beifall.

Der steigerte sich noch, als Dr. Hoffmann im Zusammenhang mit Robotern auf die Quotenregelung zu sprechen kam. Der drohenden Gefahr, dass die Tansania-Koalition oder auch eine andersfarbige Regierung demnächst die Quotenregelung auf die Wirtschaft ausdehne, könne mit einer Ausweitung des Einsatzes von Robotern begegnet werden. Das möge man bitte nicht als Scherz abtun. Die Erfahrungen mit der Quote hätten ja gezeigt, dass auf diese Weise auf viele Stellen völlig unqualifiziertes Personal gelange. »Die Klagen über die Performance von Behörden und Ämtern nehmen weiter zu und nicht ab. Das ganze Land leidet inzwischen darunter. Da könnten Roboter Abhilfe schaffen. In ganz abstrusen Fällen, wenn beispielsweise ein des Französischen gar nicht mächtiger Lehrer genau dieses Fach unterrichten soll, kann ein

*KI-gesteuerter Roboter es sicherlich besser machen. Damit
wir uns nicht falsch verstehen. Ich will nicht von vornherein
allen Quotilden und Quoterichs die Fähigkeit für ihre Aufgaben absprechen. Man kann vieles lernen, und es ist noch
kein Meister vom Himmel gefallen, aber die schädlichsten
Folgen eines schlecht gemachten Gesetzes muß man zum
Nutzen der Allgemeinheit beseitigen oder, noch besser, von
vornherein verhindern.«*

*Der lebendige und launige Vortrag wurde von vielen IHK-
Mitgliedern schon auf dem Weg nach draußen lebhaft diskutiert. Der Tenor: Eine solch sachkundige Rede habe man hier
noch selten gehört. Sie sei zur rechten Zeit gekommen und
habe hoffentlich alle wachgerüttelt.*

Im IHK-Präsidium ist man sich schnell einig, daß man Dr.
Hoffmann bitten werde, sich als Kandidat für die im Herbst
anstehende Wahl zur Vollversammlung aufstellen zu lassen.

Ein Präsidiumsmitglied, gleichzeitig bei den Schwarzen
aktiv, meldet ein paar Tage später seiner Landesvorsitzen-
den, er habe jemanden kennengelernt, der endlich echtes
Fachwissen über KI und Digitalisierung in die Partei tragen
könne. Dr. Marte Hoffmann habe nicht nur hohe Kompetenz,
sondern besitze außerdem eine immense Ausstrahlung, zu
der auch sein blendendes Aussehen beitrage. »Wir müssen
den anderen Parteien zuvorkommen, liebe Annegret.«

»Ist es nicht wunderbar, Ernesto? Unser Geschäftsführer hat
wie eine Bombe eingeschlagen.« Dr. Spalonzano wedelt tri-
umphierend mit der Zeitung. »Der smarte 44-Jährige mit
einem lebendigen und launigen Vortrag.« Er lacht meckernd.
Coppola, der kaum von seiner Arbeit am Bildschirm auf-
schaut, gibt sich gelassen: »Gute Arbeit wird eben belohnt.
Das ist erst der Anfang, Lazzaro. Wir fahren in der richtigen
Spur.«
»Jetzt muß sich nur noch die liebe Cecilia Olimpia weiter
stabilisieren. Die Gefühle für diesen unbedeutenden Flasch,

die Flausen haben wir ihr ausgetrieben. Marte und Maria, das Traumpaar von Lischda«, schwärmt der kleine Doktor im weißen Kittel.

»Hoffentlich nicht nur von Lischda.«

Sie sitzen über Eck und ganz allein im Klubraum. Maria hat um diesen Termin gebeten, und zwar an diesem Ort, um Dr. Spalonzano gegenüber zu verschleiern, daß sie Fabian schon wieder privat trifft. Da sie jetzt immer von Bully gefahren wird – die Assistentin des Geschäftsführers brauche nicht mehr zu Fuß gehen, mit dem Taxi fahren oder gar öffentliche Verkehrsmittel benutzen, so hat es ihr Dr. Hoffmann erklärt –, hat sie eine Vorstandssitzung vortäuschen müssen.

»Dieser Dr. Hoffmann gefällt mir nicht.«

Das hört Fabian Flasch gern. »Was stört dich denn an ihm, Maria?«

»Es geht etwas Kühles von ihm aus. Er zeigt zwar sehr häufig die Zähne, aber es ist kein echtes Lachen. Ihm fehlt, glaube ich, das Warmherzige.«

Fabian glaubt seinen Ohren nicht trauen zu dürfen. Warmherzig! Daß Maria dieses Wort benutzt und zudem einen Mangel daran beklagt ... Ich werde doch recht behalten. Ihre Zurückweisung neulich, das alternativlos erscheinende Angebot einer platonischen Beziehung – das war nicht für ewig. Liebe kann man eben doch nicht unterdrücken.

»Ach, weißt du, Warmherzigkeit im Berufsleben ist wohl zu viel verlangt«, tröstet er sie. »Und ob sie immer gut tut? Er ist Geschäftsführer und kein Wohlfühlmanager. Hauptsache, mit der Zusammenarbeit klappt es. Was genau hast du denn als Assistentin zu tun?« Eigentlich weiß er immer noch nicht so richtig, womit sich Maria im Institut eigentlich beschäftigt. Da gibt es einen Dr. Spalonzano, mit dem sie augenscheinlich viel zusammenarbeitet. Wohl ihr Chef, von dem sie sehr respektvoll spricht. Aber als er einmal Genaueres hat erfahren wollen, ist sie ziemlich vage geblieben und hat am Ende sein hartnäckigeres Nachfragen mit dem Hinweis abgeblockt, sie dürfe über bestimmte Firmeninterna nicht sprechen. Nichts gegen ihn, aber sie sei loyal. Jetzt wird seine Frage jedoch anstandslos beantwortet. Maria berichtet von vielen Gesprächen: bei der IHK, mit dem Oberbürgermeister, bei verschiedenen Firmen, mit irgendwelchen Parteileuten.»Ich muß immer dabei sein, obwohl ich nichts dazu beitragen kann.« Oho, ich kenne den Grund dafür. Du bist die Vorzeigefrau, die die Türen noch weiter öffnen soll. Fabian Flasch verspürt Eifersucht. Wie sie so dasitzt in ihrer dünnen Sommerbluse mit dem phantasieanregenden Ausschnitt, das macht Männer nun einmal an! Er schaut, um nicht auf den formvollendeten Brustansatz starren zu müssen, angestrengt auf den kleinen Schönheitsfleck neben der feingeschwungenen Nase.

Da legt sie wie hilfesuchend ihre linke Hand auf seine rechte, die auf dem Tisch ruht, und sagt leise:»Ich bin froh, daß ich dich habe, Fabian.« Dazu ein tiefer Blick aus wundervollen schwarzen Augen.

Als sich ihre Finger verschränken, entringt sich Maria ein hoher, leiser Ton. Beide bleiben nicht länger auf ihren Stühlen. Schon fassen sie sich an beiden Händen, stehen für lange Sekunden reglos, schauen einander nur an. Dann gibt es kein Halten mehr. Fabian reißt Maria in seine Arme, er spürt ihre festen Brüste. Sein wilder Mund trifft die herzförmig geschwungenen Lippen. Es wird ein hinreißender, nie enden wollender – Filmkuß. Seine kecke Zunge erhält keinen Zutritt.

Beinahe hätten sie die Schritte im Flur überhört. Ehe sie sich ganz voneinander lösen können, steht Enzo Ramazotti in der Tür.

»Mamma mia, was macht ihr denn hier?«

Einer hat die Liebesszene von Anfang an mitbekommen – Bully. Um sich die schreckliche Wartezeit wenigstens etwas zu verkürzen, ist er nach einer Weile aus dem Auto gestiegen und die Straße ein paarmal auf- und abgegangen – eine wenig attraktive Gegend aus gesichtslosen Wohnblocks mit ungepflegtem Grün dazwischen. Nur der helle Sommerabend hat ihn daran gehindert, wieder ins Auto zu steigen und bei Dudelmusik vor sich hinzudösen. Bisher ist er der Frau nie nachgegangen – gehört nicht zu seinen Aufgaben. Aber an der Einmündung zur Hauptstraße hat er heute nicht kehrtgemacht, sondern ist nach unmerklichem Zögern weitergelaufen. Bald darauf ist das patinagrüne Gebäude in den Blick geraten, und wenig später spaziert er auch schon über das Bahnhofsgelände, das sich die Natur so langsam zurückerobert.

Der Haupteingang auf der den Gleisen abgewandten Seite ist verbarrikadiert, aber er will ja gar nicht in das Innere, er will nur mal gucken. Nach kurzem Überlegen geht er an der vollgeschmierten Mauer entlang nach rechts und biegt um die Ecke. Er entdeckt das vergitterte Fenster, wirft einen vorsichtigen Blick durch die staubige Scheibe, sieht im Raum dahinter Maria und einen Mann an einem Tisch sitzen und miteinander reden. Da hört er plötzlich Schritte, dreht sich langsam um – bloß nicht wie ertappt wirken. Er nickt dem kleinen, älteren Mann mit routinierter Freundlichkeit zu. Der gönnt ihm einen kritischen Blick, geht aber in Richtung Bahnsteig weiter und verschwindet aus dem Blickfeld. Wohl auch einer aus diesem komischen Verein.

Bully tritt erneut an das Fenster – mal sehen, ob der Mann tatsächlich zur Vorstandssitzung will – und traut seinen Augen nicht. Maria und ihr Gesprächspartner stehen eng umschlungen und küssen sich äußerst intensiv. Dann spritzen sie auseinander, denn der kleine Mann hat den Raum betreten.

Da schau her, die Unnahbare hat doch tatsächlich einen *Lover*.

Bully, der Verschwiegene, ist zwar muskelbepackt, aber doch nicht vor den Hammer gelaufen. Nach einigem Nachdenken kommt er zu dem Schluß, daß Marias Techtelmechtel dem kleinen Doktor nicht gefallen dürfte. Bei seinen Chauffeurdiensten hat er nämlich das eine oder andere Gespräch zwischen Spalonzano und Coppola mitbekommen. Das solcherart Aufgeschnappte und andere Merkwürdigkeiten haben bei ihm zu der Überzeugung geführt, daß das *Institute for German Asian Concerns* kein ganz normaler Arbeitgeber ist. Aber soll er deshalb seine zufällige Entdeckung Dr. Spalonzano stecken? Was hätte er davon? Nichts.

Oder doch? Es könnte seinen Stellenwert im Institut erhöhen, vielleicht auch neue, interessante Aufgaben bedeuten – was mit einer Gehaltserhöhung zu verbinden wäre. Nebenbei würde es ihm durchaus gefallen, wenn er der arroganten Estrella eins auswischen könnte. Er fühlt sich durch ihre Nichtbeachtung seiner Person in der Mannesehre getroffen. Beim Anblick seines ausdefinierten Körpers und seiner Tattoos werden die Frauen sonst immer richtig wuschig.

Bully beschließt zwei Tage später, Spalonzano zu informieren – was sich, den Erwartungen zum Trotz, für ihn leider nicht als vorteilhaft erweisen wird. Am frühen Nachmittag verläßt er seinen Arbeitsplatz im Tiefgeschoß und fährt in den dritten Stock hinauf. Einige Male ist er schon hier gewesen, er weiß, wo sich das Büro von Dr. Spalonzano befindet. Anklopfen und Öffnen der Tür ist ihm eins. Drei Personen befinden sich im Raum: neben dem Doktor noch Coppola und der Geschäftsführer. Schon will Bully mit seiner Beobachtung beginnen, da läßt ihn das, was er sieht, erstarren. Bloß hier weg, schießt es ihm im nächsten Moment durch den Kopf. In wilder Panik zieht er die Tür hinter sich zu und rennt den Gang hinunter.

Doch man hat ihn erkannt.

16

Bundeskanzler Kalle Maneger hat Kanzleramtsministerin Paula Neumüller und den persönlichen Referenten Andreas Mücklich zu einer sehr vertraulichen Sitzung in sein Arbeitszimmer gebeten.

»Ich erwarte von euch absolute Verschwiegenheit. Von dem, was wir jetzt besprechen werden, darf vorerst niemand erfahren. Auch Parteifreunde nicht.«

Paula verschließt symbolisch ihren Mund, indem sie mit Daumen und Zeigefinger von links nach rechts über die Lippen fährt. Mücklich nickt nur.

Sie sitzen in der Besucherecke; Maneger im Sessel, die beiden anderen ihm gegenüber in Habachthaltung auf dem Sofa.

»Alles Reden hat nichts genützt«, seufzt der Kanzler. »Die Lage hat sich, wie ihr wißt, leider nicht entspannt. Die Grünen bleiben stur bei ihrer Forderung, die Quotenregelung auf die Privatwirtschaft auszudehnen. Sie seien bei ihren Wählern im Wort. Aber wißt ihr, was ich glaube? In Wirklichkeit wollen die mich absägen.«

»Das geht doch aber nur mit einem konstruktiven Mißtrauensvotum. Und dazu brauchen sie einen Gegenkandidaten, den die übrigen Koalitionäre unterstützen – ganz abgesehen von unseren eigenen Abgeordneten«, gibt sich die Kanzleramtsministerin nicht überzeugt. Amtsverlust durch Verschwörung – Kalles fixe Idee, von der er einfach nicht loskommt.

»Und wenn man das ganz anders einfädelt? Nämlich, indem man mich parteiintern zur Aufgabe zwingt?«

»Kalle, warum sollte man das denn tun? Deine Bilanz kann sich sehen lassen. Immerhin hast du bald drei Jahre eine Viererkoalition zusammengehalten. Das allein ist schon eine Leistung.«

»Paula, du glaubst doch nicht ernsthaft, daß das zählt, wenn es hart auf hart kommt.«

»Aber da stellt sich sofort die nächste Frage: Wer in der Partei sollte dich beerben wollen?« wirft Mücklich in seinem federleichten Sächsisch ein. »Mir fällt niemand ein.«

»Ach, Andreas. Ehrgeizige, die auf eine günstige Gelegenheit lauern, gibt es immer.« Haben die beiden Figuren, die da vor mir sitzen, tatsächlich noch nichts von dem Netzwerk, nein, dem Spinnennetz, gehört, an dem die stellvertretende Parteivorsitzende schon seit geraumer Zeit webt? Wenn nein, müßte ich mir glatt überlegen, ob sie in ihrer Position noch die Richtigen sind.

»Wenn du so redest, Kalle, dann hast du auch schon jemanden in Verdacht. Wen zum Teufel?«

Der Kanzler verkriecht sich im Sessel und läßt ein paar Sekunden verstreichen. Dann schießt er mit dem Oberkörper nach vorn. »Die Etekar, schon mal was von der gehört?« spuckt er Feuer.

»Ariane?« ruft die Kanzleramtsministerin überrascht aus, während der persönliche Referent mit »Die stellvertretende Parteivorsitzende, kaum zu glauben« halblaut nachzieht.

»Wo habt ihr eigentlich eure Augen und Ohren?« kanzelt sie der Kanzler ab. »Ihr werdet umgehend herausfinden, wer alles zu den Verschwörern gehört!«

»Hoppla, nicht so forsch! Wenn *ich* davon noch nichts gehört habe, dann kann die Sache noch nicht weit gediehen sein«, verteidigt sich die Neumüller in einem leicht beleidigten Ton. »Hast du schon vergessen, daß ich dich in der Lothar-Sache damals frühzeitig gewarnt habe? Sonst wärst du in die Spendenaffäre mit hineingezogen worden – und säßest heute nicht hier. Also bitte, Kalle!«

Maneger, im tiefsten Herzen ein harmoniesüchtiger Mensch, braucht eine möglichst entspannte Arbeitsatmosphäre, die politischen Auseinandersetzungen mit Freund und Feind sind schon hart genug. Deshalb wiegelt er gleich wieder ab: »Ja, ja, Paula, unbestritten. Ich weiß, daß ich mich auf dich verlassen kann. Aber man hat mir zugetragen, es könnte da was am Laufen sein.«»Daß die Quelle Thea Winterborn heißt, verschweigt er lieber, denn er kennt die Abneigung, die seiner Ständigen Beraterin entgegengebracht wird – gerade von seiner Kanzleramtsministerin.

»Sind die Hinweise belastbar oder handelt es sich bloß wieder einmal um irgendwelche Gerüchte?« will Paula Neumüller wissen.

»Das sollt ihr ja gerade herausfinden. Ich möchte nur deutlich machen, daß wir wachsam sein müssen und nichts versäumen dürfen.«

Da renne der Kanzler aber offene Türen ein. Falls notwendig, werde man schon entsprechende Gegenmaßnahmen ergreifen, dessen könne er sich sicher sein.

»Um den Grünen und anderen den Wind aus den Segeln zu nehmen, wird hoffentlich der Plan hilfreich sein, über den ich als nächstes mit euch sprechen will«, lehnt sich Kalle zurück. »Dazu muß ich allerdings ein wenig ausholen.«

In den nächsten Minuten monologisiert er über Digitalisierung im allgemeinen, über Künstliche Intelligenz im besonderen und ganz speziell über Roboter, wobei er den dringenden Nachholbedarf der einheimischen Wirtschaft auf diesen Feldern betont.

»Die Entwicklungsbemühungen sind mir viel zu wenig koordiniert. Europa muß sich unbedingt vom Silicon Valley und von China, das gewaltig nach vorn drängt, unabhängig machen.«

»Bisher wird allerdings mehr darüber geredet als gehandelt«, meldet sich Mücklich zu Wort. »Digitalisierung ist leider nur ein phrasenhaftes Schlagwort, das für alles Gute und Böse herhalten muß. Gerade die Politik läßt hierbei echten Sachverstand vermissen.«

»Ich würde es nicht ganz so scharf formulieren, Andreas, aber an deiner Feststellung ist durchaus was dran. Auch in unserer Partei haben wir auf diesem Feld zu wenig Kompetenz. Dem müssen wir möglichst schnell abhelfen.«

»Woher nehmen und nicht stehlen?«

Der Kanzler läßt sich von Neumüllers Sarkasmus nicht bremsen. »Die Annegret hat mir einen Tip gegeben. Da gibt es in Lischda den Geschäftsführer irgendeiner Handelsfirma mit guten Kontakten nach Asien, der offenbar hervorragende Kompetenzen auf dem KI-Gebiet besitzt und zudem China kennt. Sie hat auch schon einen engeren Kontakt zu diesem Dr. Hoffmann aufgebaut und mit ihm ein paar sehr interessante Gespräche geführt. Wenn wir den für die Schwarzen gewinnen könnten, wäre das womöglich etwas, das uns einen Vorsprung vor den anderen Parteien bringen würde.«

»Willst du den vielleicht zum Minister digitalis machen?«

»Nein, Paula, aber Hoffmann hat in einer übrigens vielbeachteten Rede vor der IHK Lischda eine bedenkenswerte Idee geäußert. Er meinte, man könne die Nachteile der Quotenregelung, nämlich die tendenzielle Negativauslese bei Bewerbern für Stellen im öffentlichen Dienst, dadurch mildern oder sogar vermeiden, indem man bei ganz schlechter Qualifikation die Position lieber mit einem – nun, mit einem Roboter besetzt.«

Zwei ungläubig dreinblickende Augenpaare richten sich auf Maneger. Dann wie aus einem Mund: »Wie ist das denn gemeint?«

»Das muß natürlich noch genau analysiert werden. Aber denkt doch einmal nach. Wenn das klappen würde, hätten wir mehrere Probleme auf einen Streich erledigt. Wir hätten hinsichtlich KI den anderen Parteien gegenüber einen mächtigen Kompetenzgewinn und könnten zudem die Forderung der Grünen, die Quotenregelung auf die Industrie auszudehnen, ohne Bauchschmerzen erfüllen. Die Koalition wäre gerettet, es gäbe keine Neuwahlen und die Wirtschaftsbosse wären in zweierlei Hinsicht zufrieden: Sie bekämen hochqualifizierte Mitarbeiter«, der Kanzler kann sich ein Grinsen nicht verkneifen, »und würden mit der Herstellung von Robotern ein Bombengeschäft machen. Außerdem würden wir der KI-Forschung damit einen gewaltigen Schub versetzen. Dafür machen wir gerne ein paar Milliarden lokker – das ist eine Investition in die Zukunft und ganz im Sinne des Koalitionsvertrages, der den Forschungsstandort Deutschland ja fördern will.«

»Klingt im ersten Augenblick wirklich nicht schlecht. Aber wie steht es mit der sozialen Gerechtigkeit, die die Quotenregelung doch fördern soll? Wenn Roboter die Arbeit übernehmen, bleiben doch die Menschen außen vor. Statt Aufstieg Ausstieg. Was werden die Gewerkschaften dazu sagen? Und in deren Schlepptau die Roten?«

Mücklichs Argument läßt den Kanzler verstummen – aber nur kurz. »Wir schaffen doch durch die Roboterproduktion an anderer Stelle neue Arbeitsplätze – hochwertigere sogar.«

Diese Lösung beäugen die beiden auf dem Sofa jedoch ziemlich kritisch. Wie man es drehe und wende, die Quotenregelung werde auf diese Weise ausgehebelt.

»Aber doch nur bei den Unternehmen. Im öffentlichen Bereich werden wir nichts zurückdrehen. Hand drauf.«

Plötzlich bekommt Maneger einen kleinen Heiterkeitsanfall.

»Dieser Dr. Hoffmann hat zu Annegret gesagt, wenn man Roboter baue, die von Menschen nicht zu unterscheiden seien, dann könnte man sie durch passendes Aussehen und passenden Lebenslauf sogar zu Stellenbewerbern machen, ohne daß jemand etwas bemerkt. Niemand würde sich mehr über mangelnde Qualifikation oder das Aushebeln von Gesetzen beschweren.«

»Dann lieber Neuwahlen und möglicherweise ein Versuch mit MuM«, murmelt Andreas Mücklich.

»Wie, bitte?«

»Soll ich ehrlich sein?« Der persönliche Referent formuliert mit Bedacht. »Die Ideen dieses Dr. Hoffmann klingen ziemlich nach Science fiction. Nichts, überhaupt nichts spricht dagegen, wenn wir Leute an Bord holen, die bei KI substantiell mitreden können. Aber Vorschläge der Art, daß man Menschen einfach durch Roboter ersetzt, und das auch noch hintenherum, die haben für mich etwas Zynisches ... Abgesehen davon, daß solch ein Konzept, wenn es ruchbar wird, zu großem Aufruhr in der Öffentlichkeit führt – unsere Koalitionspartner werden das nicht mitmachen, und die Schwarzen haben dann den Schwarzen Peter in der Hand, wenn dieser matte Scherz erlaubt ist. Nein, wir sind den *Menschen* gegenüber verantwortlich. Wenn wir der Meinung sind, daß eine Ausweitung der Quotenregelung dem Land schadet, dann sollten wir dazu auch stehen. Neuwahlen wären in meinen Augen dann das kleinere Übel. Und wenn wir danach nur mit der Unterstützung von MuM eine Minderheitsregierung bilden könnten, wäre die Überdehnung der Quotenregelung sowieso erledigt.«

»Aber den Hoffmann ziehen wir uns trotzdem an Land«, beharrt der Kanzler. »Ich hoffe, das ist hier Konsens.«

»Wissen kann nie schaden«, sagt Paula Neumüller, und ihr Kollege nickt dazu.

Der Mücklich entwickelt sich doch nicht etwa zum Bedenkenträger? Ich muß wohl doch mal intensiver über ihn nachdenken, geht es Maneger durch den Kopf. Arbeitet sehr strukturiert und zügig, aber der Sinn fürs Politische, der fehlt ihm irgendwie.

Dem persönlichen Referent aber kommen nicht zum ersten Mal Zweifel, ob er nicht besser wieder einen Posten in der Wirtschaft annehmen soll. An Angeboten fehlt es beileibe nicht.

17

»Was Hoffmann da veranstaltet hat, das ist der absolute GAU«, schreit Coppola. Dr. Spalonzano zupft ewig lang am Schnauzer, dann wirft er seinem Assistenten einen vernichtenden Blick zu. »Ich frage mich, wie das passieren konnte, mein Freund. Eigentlich ist es gar nicht möglich, daß Hoffmann auf so einen Gedanken kommt, geschweige denn, daß er ihn dann auch noch in die Tat umsetzt. Da muß bei dir etwas völlig falsch gelaufen sein.«

»Glaub mir, Lazzaro, ich habe bei Hoffmann nichts anders gemacht als sonst auch. Ich bin wie immer vorgegangen.«

»Weißt du, was ich denke, Ernesto? Du hast die Sache mit Maria auf die leichte Schulter genommen und daraus nicht die richtigen Schlüsse gezogen. Die hatte sich doch auch in eine Richtung entwickelt, die nicht vorgesehen war.«

»Aber ich habe sie wieder auf Linie gebracht«, wehrt sich Coppola.

»Wenn etwas aber ein zweites Mal aus dem Ruder läuft – und diesmal vielleicht mit unabsehbaren Folgen –, dann ist das für mich ein klarer Hinweis darauf, daß das Konzept nicht sauber implementiert worden ist. Und das fällt in deine Verantwortung. Grob fahrlässig – anders kann ich es nicht nennen.«

»Ha, jetzt bin ich es also gewesen?« wird Coppola laut. »Daß Effekte eingetreten sind, die wir nicht erwartet haben, zeigt doch eigentlich, daß unser Programm jetzt schon die Wirklichkeit weit besser abbildet als erhofft. Die Gedanken sind nun einmal frei – das zeichnet uns Menschen doch gerade aus.«

»Dein Schönreden«, knurrt Spalonzano, »ist überhaupt nicht angebracht. Blöder konnte es gar nicht kommen. Ausgerechnet jetzt, wo Hoffmann diese wertvollen Kontakte zur

Politik geknüpft hat ... Totaler Kontrollverlust, das ist die bittere Wahrheit. Und daran trägst du die Schuld.«

»Nee, nee, nee, Lazzaro, so einfach kannst du dich aus der Sache nicht herauswinden.« Coppola wischt sich den Schweiß von der Stirn. »Wir beide sitzen im selben Boot, es ist *unser* Projekt. Schon vergessen?«

Spalonzano überlegt angestrengt, wobei er sich mit seinem Bürosessel hin und her dreht. Coppola, dieser wuchtige Mann vor dem Schreibtisch, wagt ihn nicht zu stören.

Endlich: »Schuldzuweisungen helfen im Moment nicht weiter. Die Lage ist äußerst prekär. Es bleibt uns keine andere Wahl, wir müssen selbst Hand anlegen. Und zwar sofort. Danach werden wir uns Hoffmann vornehmen – aber ganz gründlich. Diesmal machst du bitte keinen Fehler mehr.«

In den nächsten Minuten erklärt Dr. Spalonzano dem Assistenten seinen Plan.

18

Mutter und Sohn sitzen morgens in der Küche. Sie liest Zeitung, er ißt ein Schälchen Müsli, sein Frühstück seit Wochen. Mit großem Erfolg, denn er hat deutlich abgenommen. »Hast du es schon gelesen?« Frau Flasch hält die *Lischda Post* hoch. *Leiche im Stadtwald gefunden* steht da in dicken Lettern auf der Titelseite. »Stell dir vor, gar nicht weit vom Schillerturm. Die Polizei schließt ein Verbrechen nicht aus.« »Die Gegend ist doch aber gar nicht so einsam. Der Turm steht mehr oder weniger am Waldrand. Und in der Nähe befinden sich jede Menge Villen. Ganz schön riskant, dort einen umzubringen.« Fabian steht auf und räumt das leere Schälchen in die Spülmaschine. Im Stehen trinkt er seinen Kaffee aus. »Ich muß, Memi. Bis heute abend.« Er verabschiedet sich mit einem flüchtigen Kuß.

Fabian Flaschs Gleichmut wird schon am nächsten Tag erschüttert. Da liest er nämlich in der Online-Ausgabe der *Lischda Post* die Eilmeldung, daß es sich bei dem Toten aus dem Stadtwald um einen Mitarbeiter des *Institute for German Asian Concerns* handelt. Um Himmels willen! Er liest es noch einmal. Wie denn, was denn? Zum dritten Mal fliegen seine Augen über die Zeilen. Zum Glück nicht Maria!

Er greift sofort zum Telefon und ruft sie an. Aber sie hebt nicht ab. Ach, wenn sie doch über Whatsapp oder E-Mail zu erreichen wäre. Aber Maria hat weder das eine noch das andere. Für heutige Zeiten sehr ungewöhnlich. Ob ihr Arbeitgeber es nicht erlaubt? Das Institut scheint sowieso ein komischer Verein zu sein. Wer weiß, was die zu verheimlichen haben ...

Nun ruft Fabian jede Stunde die Internet-Seite der Zeitung auf. Aber an diesem Tag erfährt er nichts Neues mehr. Auch auf ihrem Händi ist Maria nicht zu erreichen.

Was verbirgt sich hinter dieser Fassade? ist das Bild betitelt, das das Gebäude des *Institute for German Asian Concerns* zeigt. Der Kriminalpolizei, heißt es im zugehörigen Artikel – immer noch auf der ersten Seite der *Lischda Post* –, sei es gelungen, die Leiche zu identifizieren. Es handele sich um Gerd D., den Chauffeur des Instituts. Die Fundstelle sei nicht der Ort, an dem der Mann getötet worden sei. Sachdienliche Hinweise zum Fall, insbesondere zu ungewöhnlichen Vorgängen in der Tatnacht auf der Straße zum Schillerturm und in dessen Umgebung, nehme die Polizei in Lischda unter folgender Telefonnummer entgegen.

Aus ermittlungstaktischen Gründen zeigt sich die Kriminalpolizei auch in den nächsten Tagen sehr einsilbig. Nur so viel: Es seien Mitarbeiter des Instituts befragt worden.

Die Geschichte hat die Lischdaer mächtig in Aufregung versetzt. Wilde Gerüchte machen die Runde. Den letzten Mord in der Stadt gab es übrigens vor dreiundzwanzig Jahren, da brachte eine Frau zusammen mit ihrem Geliebten den eigenen Ehemann um. Hinterher zerlegten die beiden das unglückliche Opfer fachgerecht und versenkten die Teile in verschiedenen Kiesgruben der Umgebung. Das Entsetzen über die gruselige Tat erfuhr noch eine Steigerung durch den in einem der Gewässer lebenden Wels, der das linke Bein bis auf die Knochen abgeknabbert haben soll. Die ganze Stadt sprach monatelang nur noch vom Killer-Wels ... Nun, Lischda ist sicherlich nicht die Insel der Glückseligen: Überfälle auf offener Straße und Wohnungseinbrüche sind durchaus nicht unüblich. Ob sich allerdings die Zahlen im »normalen Rahmen« bewegen oder darüber hinausgehen, bleibt auch an diesem Ort eine Frage des politischen Standortes. Aber ein Mord ...

Maria bestätigt, was Fabian schon geahnt hat. Sehr ruhig berichtet sie ihm am Telefon– der Anruf ist von ihr gekommen –, daß die Polizei mehrfach im Institut gewesen sei und Dr. Spalonzano, Coppola sowie Dr. Hoffmann vernommen habe. Fabian meint, die Herren seien sicherlich nur befragt worden. Vernehmungen würde man nur bei Tatverdächtigen durchführen.

»Nein, daß der Bully tot ist ... Er hat mich immer gefahren, weißt du. Und die anderen auch. Wer wird das jetzt machen?«

Seinen Vorschlag, man könne den schrecklichen Vorfall bei einem Treffen in aller Ruhe erörtern, muß Maria ablehnen. »Ich kann das Institut jetzt nicht verlassen. Dr. Hoffmann meint, die Polizei würde auch mich noch vernehmen – äh, befragen wollen.«

Fabian ist ziemlich enttäuscht. So ein Mist! Er hat es sich schon so schön ausgemalt: Maria bei ihm zu Hause. Morgen nämlich fährt seine Mutter für ein paar Tage zu ihrer Schwester nach Liebenstein. Die Gelegenheit!

Kriminalhauptkommissar Björn Thielen sitzt noch zu mitternächtlicher Stunde in seinem Büro und studiert die Akte Gerd Dornuff. Zu Hause wartet niemand auf ihn – seine Frau hat ihn vor einigen Monaten wegen ihres Fitnesstrainers verlassen. Seitdem vergräbt er sich noch tiefer in seiner Arbeit.

Der Fall ist eigentlich ganz nach seinem Geschmack: schnelle Identifizierung des Toten (aufgrund eines Papierschnitzels in der linken Hosentasche des Opfers, auf dem Teile einer Telefonnummer zu entziffern waren), ebenso schnelles Ermitteln des Tatortes (die Treppe zur Tiefgarage im *Institute for German Asian Concerns*), eindeutige Todesursache (Treppensturz), ein überschaubarer Kreis von Tatverdächtigen.

Aber dennoch stört ihn etwas daran. Es ist der Instinkt des passionierten Kriminalers, der immerzu an seinen Fall denkt, der niemals ruht – nebenbei einer der Gründe für die Affäre seiner Frau mit diesem testosterongesteuerten Waschbrettbauch. Thielen hat die Welt der Kriminalistik schon von Kindheit an fasziniert. Daran nicht unschuldig ist sein Vater gewesen, ein Gerichtsmediziner. Der hat ihm die aufregendsten Geschichten erzählt von Obduktionen, die auf den ersten

Blick normal erscheinende Todesfälle als raffinierte Morde entlarvt haben. Björn hat jedoch dem Wunsch des Vaters, auch Medizin zu studieren und dann in dessen Fußstapfen zu treten, nicht entsprochen, sondern den direkten Weg gewählt: Er ist nach dem Einser-Abitur zum Erstaunen der Leute sofort zur Polizei gegangen. Alle Ausbildungsabschnitte hat er mit Auszeichnung absolviert, und mit nur dreiunddreißig Jahren steht er, falls ihm die Quote nicht dazwischen kommt, am Beginn einer märchenhaften Karriere – allerdings auch vor den Trümmern seiner Ehe.

Mit Hubert Staller, seines Zeichens Kriminalkommissar und fünfzehn Jahre älter, hat er heute nachmittag die Fakten ausgiebig diskutiert. Aber mit Staller geht mitunter die Phantasie durch, er neigt leider zu Verschwörungstheorien. Thielen hat ihn in Verdacht, daß er diese Vorliebe in den asozialen Netzen austobt. Auch diesmal vermutet Staller hinter dem Mord internationale Drahtzieher. Offenbar hat ihn die Verbindung des Instituts nach Asien beflügelt. Danny Danowski, alleinerziehende Kriminalobermeisterin, hat angesichts der steilen These nur die Augen verdreht. Der Blondschopf wäre, so Thielens Eindruck, nicht abgeneigt, ihn über die Trennung von seiner Frau hinwegzutrösten. Ihr knackiger Hintern könnte ihn glatt in Versuchung führen, aber da ist der achtjährige Bengel. Und wenn Thielen eines garantiert nicht mag, dann sind das Kinder – ein weiterer Grund für die Trennung von Jessica.

Der Kriminalhauptkommissar geht noch einmal alle Fakten durch. Was er und sein Team ziemlich merkwürdig finden, ist der Papierschnitzel in der Hosentasche. Wie blöd muß denn der Täter gewesen sein? Oder glaubte man gar, die Polizei sei nicht in der Lage, die richtige Telefonnummer zu rekonstruieren? Sehr wahrscheinlich aber mußte alles in großer Eile geschehen. In der Panik übersieht man schon mal was. Dazu würde auch passen, daß der oder die Täter das Blut auf der Treppe zur Tiefgarage nur sehr nachlässig beseitigt haben. Sollte dahinter etwa eine Geringschätzung der Polizeiarbeit stecken? Das wäre mehr als unverzeihlich, denn selbst den leisesten Zweifel an seiner Kompetenz nimmt Thielen sehr persönlich, das spornt ihn erst so richtig an. Na, wartet, euch werde ich noch den Arsch aufreißen.

Damit ist er bei den Mitarbeitern des Instituts angekommen. Einer von ihnen muß es ja gewesen sein, oder? Der smarte und sehr wortgewandte Dr. Hoffmann macht auf ihn einen unverdächtigen Eindruck. Der hat erst seit kurzem die Geschäftsführung übernommen, war wohl lange in Asien unterwegs (für Hubert Staller natürlich ein starker Grund, in ihm einen möglichen Täter zu sehen). Der kleine Kerl im weißen Kittel, dieser Dr. Spalonzano, ist eher der Typ verschrobener Wissenschaftler. KI-Spezialist, der für entsprechende Projekte gemeinsam mit asiatischen Instituten zuständig ist. Warum sollte der den Chauffeur von der Treppe stoßen? Es sei denn, es war ein Unfall oder etwas Persönliches. Spalonzanos Assistent Coppola hat bei der Befragung ziemlich nervös gewirkt. Da muß er noch mal nachhaken. Das aufregendste an der Befragung von Maria Estrella ist die Frau selbst gewesen. Eine sensationelle Erscheinung – ehrlich, dagegen ist Danny Danowski nur ein Verlegenheitshappen. Ach, es ist sowieso klüger, im eigenen Laden kein Verhältnis anzufangen. Viel zu heikel im Zeitalter von #metoo. Außerdem hält ihn noch etwas anderes zurück: die wankelmütige Standfestigkeit seines Bengels – übrigens der dritte Grund für die Eheprobleme ... Doch zurück zur Suche nach dem Täter. Übermäßig viele Mitarbeiter hat das Institut nicht. Er hätte in dem großen Gebäude deutlich mehr Angestellte erwartet. Laut Hoffmann sei man noch im Aufbau begriffen, das Institut gebe es ja erst seit gut drei Jahren. Wie dem auch sei, die Befragung der unteren Ränge hat gar nichts erbracht. Wenn es sich am Ende doch um einen Unfall ohne Fremdeinwirkung handeln sollte, stellt sich sofort die Frage, warum man dann nicht sofort die Polizei gerufen, sondern die Leiche im Stadtwald entsorgt hat.

Björn Thielen schiebt die Akte ein Stück von sich. Er muß tüchtig gähnen. Schon bald eins, wie ihm ein Blick auf seine

Armbanduhr verrät. Es hilft nichts, wir müssen noch tiefer einsteigen, wir müssen die Akten im Institut durchforsten – eine Scheißarbeit. Insbesondere aber müssen wir an die Rechner ran. Morgen werde ich mir einen Durchsuchungsbeschluß beim Ermittlungsrichter holen. Hoffentlich macht Papa Gnädig keine Schwierigkeiten. Der läßt doch am liebsten alle laufen.

19

»Ich habe keine Geldwäsche betrieben«, beschwört Lazzaro Spalonzano seinen Rechtsbeistand. Er sitzt Dr. Michael Vogt, Flaschs früherem Klassenkameraden, im Besucherraum der JVA Lischda gegenüber. Die schwarzen Ringe unter den Augen zeugen von einer schlaflosen Nacht, die zerwühlten Haare von schierer Verzweiflung. Ohne den weißen Kittel, in einem abgetragenen blaukarierten Sakko und knittriger beiger Stoffhose erinnert er eher an einen Penner.

»Die Kriminalpolizei behauptet allerdings, genau dafür Beweise zu haben. Auf Ihrem und Coppolas PC wurde verdächtiges Material gefunden. Schon allein der Vorwurf der Geldwäsche wäre nicht sehr schön, aber dann hätten wir es wenigstens *nur* mit einem Wirtschaftsvergehen zu tun. Doch leider geht es in Ihrem Fall möglicherweise um Mord, und da sieht die Polizei in der Geldwäsche ein starkes Motiv.«

Spalonzano schaut Vogt ganz entgeistert an. »Das müssen Sie mir erklären. Das ist im Augenblick einfach zu hoch für mich.«

»Nun, ganz einfach. Dieser Thielen argumentiert so: Sie und Coppola betreiben Geldwäsche in großem Stil, und Gerd Dornuff erpreßt Sie beide damit. Zwei-, dreimal zahlen Sie – auch hierfür gibt es Belege –, aber als er trotzdem weitermacht, müssen Sie ihn loswerden.«

Da läßt Spalonzano ein verzweifeltes Lachen hören. »Bully soll uns erpreßt haben? Wie, bitte schön, sollte der überhaupt an solche Informationen gekommen sein? Einmal angenommen, das mit der Geldwäsche würde stimmen. Alle Rechner im Institut sind paßwortgeschützt. Und Bully ist bestimmt kein Hacker gewesen. Dazu hätte sein IQ, bei allem Respekt, bei weitem nicht ausgereicht.«

»Immerhin gibt es diese Einträge auf Ihrem PC.«

»Die sind mir aber völlig unbekannt. Ehrlich.« Dazu ein waidwunder Blick. »Es muß sich um Fälschungen handeln. Da will mir jemand etwas anhängen.«

»Haben Sie einen Verdacht? Denken Sie genau nach. Wer weiß, vielleicht war Dornuff am Ende doch schlauer als gedacht. Oder hatte Auftraggeber.«

Spalonzano schüttelt nur den Kopf, wird auf seinem Stuhl immer kleiner. Da sitzt ein Häufchen Elend.

Vogt rückt seine zartrosa Seidenkrawatte zurecht, ehe er in sonorem Ton sagt: »Entspannen Sie sich. Es wird nichts so heiß gegessen wie gekocht. Die Polizei muß Ihnen erst einmal nachweisen, daß Sie mit den Überweisungen zu tun haben. Zudem sind Sie nicht allein. Wir werden die Sache gemeinsam durchstehen.«

»Und Coppola? Was ist mit ihm?«

»Sein Anwalt und ich, wir arbeiten sehr eng zusammen und stimmen uns ab. Coppola wird gegenüber der Polizei keine unbedachte Äußerung machen. Um eines möchte ich Sie aber dringend bitten, Dr. Spalonzano. Verraten Sie mir, wie es wirklich abgelaufen ist. Keine Angst, ich bin Ihr Anwalt und habe Schweigepflicht. Deshalb noch einmal meine Frage: Sind Sie in irgendwelche unlauteren Geschäfte verwickelt?«

»Nein und noch einmal nein!«

»Dann werden wir jetzt unser Vorgehen besprechen.« Der Anwalt ist voller Tatendrang. Die Mordsache Dornuff bringt endlich Abwechslung in die zur Routine gewordene Arbeit der letzten Wochen und Monate, in denen er vor Gericht unzählige Klagen wegen der Quotenregelung vertreten hat. Es war ja vorauszusehen: Wenn willkürlich gesetzte Kriterien vor Leistung gehen, proben die Übergangenen den Aufstand. In erster Instanz sind zwar alle Klagen abgeschmettert worden –auch ein Richter ist kein politisches Neutrum –, aber er und viele seiner Kollegen geben nicht auf, notfalls wird man bis vor das Bundesverfassungsgericht gehen. Dort wird man in allerbester Gesellschaft sein, denn der Widerstand gegen dieses schädliche Gesetz wächst. Bis dahin kann er mit Spalonzanos Verteidigung landesweite Aufmerksamkeit gewinnen, und das ist gut für sein Ego und das Geschäft.»Man wird Sie auch nach Ihrem Arbeitsalltag fragen. Wenn Sie mir bitte etwas darüber erzählen würden. Ich habe nämlich überhaupt keine Vorstellung, wofür das Institut steht.«

Genau das hat Dr. Lazzaro Spalonzano das meiste Kopfzerbrechen bereitet: wie er eine glaubhafte Schilderung seiner Arbeit abliefern kann, ohne den wahren Zweck zu verraten. Das ist so, als ob man einem Unwissenden den Verzehr eines Pfirsichs beschreibt und dabei den Kern unterschlägt. Man muß ganz auf die Gutgläubigkeit des Gegenübers setzen.

Hoffentlich hat die Polizei bloß nichts bei Hoffmann bemerkt. Den haben Coppola und er nämlich auf die Schnelle präparieren müssen.

Dr. Marte Hoffmann schaut auf das Papiertaschentuch mit dem großen Blutfleck in seiner rechten Hand. Wo in der Tiefgarage findet er ein Versteck, das nicht sofort entdeckt werden kann, aber auch nicht zu entlegen ist? Er blickt sich suchend um. Sein Auge fällt auf den knallroten Kasten unter der Betondecke, der einen Ventilator zur Entrauchung beherbergt. Genau das Richtige. Nur, wie da oben rankommen? Aber ist er nicht eben im Vorraum zur Garage an einer Leiter vorbeigekommen? Sie holen, hinaufsteigen und das Taschentuch zwischen die Lamellen schieben ist in wenigen Augenblicken erledigt. Dabei braucht er sich gar nicht so zu beeilen, denn nach Mitternacht erscheint hier unten niemand. Er stellt die Leiter an ihren Ort zurück und geht langsam zum Aufzug. Ja, es wird Zeit für eine neue Aufladung. Zum Glück weiß er, wie die vorzunehmen ist. Spalonzano und Coppola braucht er dafür nicht.

»Dem Maugg mit seinen Leuten trete ich irgendwann noch mal in den Arsch«, tobt Björn Thielen.»Wo haben die denn mal wieder ihre Augen gehabt? X-mal das Institut durchsucht und dann dieses Papiertaschentuch übersehen.« Er hebt die Klarsichthülle mit dem Beweisstück hoch. »Eine unglaubliche Schlamperei!«

»Das Ergebnis der DNS-Analyse ist eindeutig?« Danny Danowski sitzt mit ihrem süßen Hintern halb auf Thielens Schreibtisch. Was nur sie sich erlauben darf, denn so etwas ist dem Chef eigentlich zu unhygienisch.

»Auf den Dörwald vom Labor ist Verlaß, der leistet sich keine Fehler, das solltest du wissen, Danny. Du und Hubert, ihr wart doch, verdammt noch mal, auch am Tatort.«

»Moment! Der Maugg hat uns vom Acker gescheucht. Seine Leute könnten das am besten.« Staller klingt beleidigt. »Wo war denn das Taschentuch überhaupt?«

»Steckte in der Tiefgarage, in einem Ventilator.«

»Die Ventilatoren haben die von der KTU aber gefilzt. Das habe ich noch mit eigenen Augen gesehen«, kontert Danny.

»Wohl nicht richtig. Wenn eine Sicherheitsfirma die Dinger nicht außerplanmäßig kontrollierte hätte, wäre das Beweisstück möglicherweise unentdeckt geblieben.

»Was heißt hier außerplanmäßig?« will Staller wissen.

»Es gibt da einen festen Wartungsplan, nach dem die nächste Kontrolle erst wieder in fünf Monaten fällig gewesen wäre. Aber irgend jemand aus dem Institut hat die Sicherheitsleute angerufen, weil er das Gefühl hatte, mit den Ventilatoren stimme etwas nicht. Das war unser Glück.« Der Kriminalhauptkommissar hat sich wieder gefangen. »Das Blut stammt zweifelsfrei vom Toten, und die zahlreichen Fingerabdrücke gehören diesem kleinen Doktor. Allerdings hat Dörwald auf dem Papiertaschentusch auch noch einen weiteren, etwas merkwürdigen Abdruck entdeckt. Der könne von einem Menschen stammen, meint er, müsse es aber nicht.«

»Häh?«

»Die Papillarleisten sind prinzipiell wie bei einem Menschen aufgebaut, aber nicht detailliert genug. Dörwald verglich sie mit einer vergröberten Kopie, die auf die letzten Feinheiten des Originalbildes verzichtet. Aber ganz sicher ist er sich nicht, weil Fingerabdrücke auf Papiertaschentüchern immer etwas schwierig nachzuweisen seien. Wie dem auch sei, der Spalonzano wird uns einiges zu erklären haben.«

»Sehr gut, daß Sie sich strikt an unsere Marschroute gehalten und nichts zur Sache gesagt haben, Herr Spalonzano.« Dr. Vogt geht schon seit seiner Ankunft in der Zelle auf und ab. Das plötzliche Auftauchen des Papiertaschentuches mit Dornuffs Blut und den Fingerabdrücken seines Mandanten hat ihn hinterrücks getroffen. Ein Freispruch ist jetzt nicht mehr im Schlafwagen zu erreichen, er wird sich ganz anders ins Zeug legen müssen. »Es ist nun allerdings höchste Zeit, daß Sie mir endlich reinen Wein einschenken.« Er ist direkt vor Spalonzano, der in leicht gekrümmter Haltung auf seinem Bett sitzt, stehengeblieben und schaut vorwurfsvoll auf ihn hinab.

In der kurzen Zeitspanne zwischen dem Verhör durch Thielen, diesen scharfen Hund, und Vogts Eintreffen hat Lazzaro Spalonzano fieberhaft nach einer glaubwürdigen Erklärung gesucht, die Hoffmann weiterhin aus dem Spiel läßt. Sollte ihm das nicht gelingen, kämen seine Forschungsergebnisse ans Tageslicht, das Institut wäre am Ende, und die wunderbaren Zukunftsträume – wichtige Meilensteine auf dem Weg dorthin sind doch schon längst erreicht –, müßten er und Coppola begraben. Den Ernesto werden sie natürlich auch in die Mangel nehmen. Hoffentlich behält der die Nerven.

»Ja, ich habe Ihnen nicht alles gesagt«, bekennt Spalonzano mit gespielter Reue.

»Ich will gar nicht wissen, warum Sie geschwiegen haben. Entscheidend ist, daß die ganze Geschichte glaubwürdig ist und nicht durch einen nächsten Fund oder eine unerwartete Zeugenaussage wieder in Frage gestellt wird.«

Und so berichtet Dr. Spalonzano von dem Unfall. Bully müsse aus einem unerfindlichen Grund auf der Treppe gestürzt sein. Coppola habe ihn gefunden, da sei er schon tot gewesen. In ihrer Not hätten sie ihn zunächst in den Kofferraum von Coppolas Auto geschafft und dann nachts in den Wald gefahren. Heute sei ihm natürlich klar, daß sie besser die Polizei gerufen hätten.

»Da stellt sich aber sofort die Frage, wie das Papiertaschentuch in den Ventilator kommt.« Dr. Vogt, der sich inzwischen an das wackelige Tischchen an der gegenüberliegenden Wand gesetzt hat, sieht gar nicht zufrieden aus.

»Ehrlich gesagt, das kann ich mir auch nicht erklären. Ich hatte beim Transport der Leiche nicht aufgepaßt und etwas Blut an die eine Hand bekommen. Das habe ich mit dem Taschentuch abgewischt und dieses dann in meine Hosentasche gesteckt. Als ich das Tuch später entsorgen wollte, war es weg.«

»Und das hat Sie nicht beunruhigt?«

»Doch, schon, ich habe im Gebäude alles abgesucht. Ohne Ergebnis. Da habe ich mir gedacht, daß ich es irgendwo draußen verloren habe. Es war doch alles so hektisch, Dr. Vogt.«

»Wenn Sie es nicht in den Ventilator gesteckt haben, wer dann? Coppola? Mal Hand aufs Herz und keine falsche Rücksichtnahme: Könnte nicht sogar Coppola den Chauffeur die Treppe hinuntergestoßen haben?«

»Das glaube ich nie und nimmer. Für Ernesto lege ich meine Hand ins Feuer. Und wenn Sie mich bis morgen früh fragen – ich habe einfach keine Idee.« Was nicht der Wahrheit entspricht.

»Es läuft also auf den großen Unbekannten hinaus«, spöttelt der Anwalt. »Lieber Dr. Spalonzano, ich fürchte sehr, daß wir das Gericht damit nicht überzeugen werden.«

Für Augenblicke herrscht zwischen beiden Männern Schweigen. Dann sagt der kleine Doktor halblaut. »Die müssen mir erst einmal das Gegenteil beweisen.«

»Es gibt da ja noch eine Ungereimtheit, die mir gleich zu Anfang aufgefallen ist.« Dr. Vogt erhebt sich vom harten Stuhl und beginnt wieder umherzulaufen. »Ich meine den Papierschnitzel mit der Telefonnummer. Wir haben schon darüber geredet. Das wirkte wie ein Hinweisschild zum Institut.«

»Weder Coppola noch ich haben den in Bullys Tasche gesteckt. So blöd sind wir nun auch nicht. Bevor wir ihn in den Kofferraum gelegt haben, haben wir sämtliche Taschen untersucht. Sie waren leer. Das habe ich Ihnen doch schon mehrfach gesagt.« Spalonzano ist beleidigt.

»Andere Dinge haben Sie mir auch gesagt, und jetzt stellen die sich ganz anders da. Aber lassen wir das. Trotzdem muß ich Sie dringend bitten, Dr. Spalonzano, noch einmal intensiv darüber nachzudenken, ob es irgend jemanden geben könnte, der Ihnen ans Leder will. Es ist in Ihrem ureigensten Interesse.«

Kanzler Maneger haut mit der flachen Hand auf den Schreibtisch. »Herumreden nützt nichts mehr. Die Stunde der Entscheidung ist gekommen. Wollen wir Neuwahlen anstreben oder die Koalition mit dem von mir präferierten Vorgehen retten?«

»Oder eine neue Koalition schmieden«, ergänzt Kanzleramtsministerin Paula Neumüller.

Thea Winterborn rückt ihre Schildpatt-Brille zurecht. »Ob Roboter tatsächlich der breakthrough sind, sollte man noch einmal sorgfältig durchdenken. Shooting from the hip ist keine workable solution.«

»Zum Nachdenken haben wir eigentlich genug Zeit gehabt, liebe Thea. Das heutige Treffen sollte doch eine Vorentscheidung bringen«, mäkelt die Neumüller. Der graue Hosenanzug versteckt wieder einmal seine schlechte Vorbereitung hinter Beraterfloskeln. Warum hält Kalle bloß an der fest? Ihre Haare wirken heute irgendwie röter. Nützt aber auch nichts, du Tusse.

»Da muß ich Paula recht geben, Thea. Der linke Flügel der Roten ruft nun auch vernehmlicher nach einer Ausdehnung der Quote. Auf der anderen Seite die Wirtschaftsbosse, die mir sowieso andauernd in den Ohren liegen und versteckt mit Produktionsverlagerungen ins Ausland drohen.«

»Soll ich ehrlich sein? Ich ...«

»Ich hoffe, daß du immer zu mir ehrlich bist, liebe Thea.«
Maneger grinst frech.

Die Winterborn winkt ab. »Just a moment, please. Ich würde es auf Neuwahlen ankommen lassen, Kalle. Lieber mit MuM koalieren, wenn's denn tatsächlich ungünstig läuft, als einen derartig tiefen Vorstoß auf vermintes Gelände wagen. Roboter anstelle von Menschen – damit kannst du eine Wahl ganz schnell verlieren. Vergiß nicht, die Deutschen sind, wenn es um technischen Fortschritt geht, große Bedenkenträger.«

»Verdammt, seit wann gehörst du denn dazu? Wo ist dein Wagemut? Du bist doch mein thinktank!« Soll ich mich jetzt etwa auch noch von der Winterborn trennen, wo doch gerade erst der Mücklich den Abflug gemacht hat? Nein, das gäbe zu viel Unruhe. Und bisher hat sie mich ja auch ganz gut beraten.

Nach kurzem Nachdenken kommt die Antwort. »Thinktank bedeutet nicht Spinnerei, auch wenn spin doctor so ähnlich klingen mag. Was ich supporten kann, ist der Aufbau von Kompetenz auf dem Gebiet von artificial intelligence. Aber dort tummeln sich schon das Wirtschafts- und das Wissenschaftsministerium. Und auch im Kanzleramt beschäftigt man sich meines Wissens bereits länger mit dem Thema, nicht wahr, Paula?« Sie schaut die Neumüller süffisant an.

»Gerade das ist es ja, was mir nicht gefällt. Verzeih mir, Paula, aber zu viele Köche verderben den Brei. Ich möchte Straffung und noch mehr Kompetenz. Deshalb meine Idee, Dr. Hoffmann wenigstens einmal nach Berlin einzuladen. Reden wir doch einfach mal mit ihm! Ob dann daraus überhaupt etwas wird, und wenn ja, wo wir ihn unterbringen könnten, vielleicht in einem neuen Ministerium oder im Kanzleramt – das wird man sehen.« Der Kanzler wird urplötzlich emphatisch: »Ich will etwas wagen! Ich will unser Land voranbringen!«

»Ich fürchte, da werden nur unnötig Wunden aufgerissen«, seufzt Winterborn.

Von meiner Zuständigkeit gebe ich auf keinen Fall etwas ab, denkt die Kanzleramtsministerin.

Der smarte Marte, wie er in Lischdas besseren Kreisen inzwischen nur noch heißt, geht die von der Sekretärin erstellte Gästeliste durch. In den Räumen des *Institute for German Asian Concerns* wird es einen Empfang geben, von dem man noch lange sprechen wird. Der örtlichen Prominenz, dem Ministerpräsidenten, Parteileuten, Würdenträgern – allen soll klar werden, daß er der Richtige für das IHK-Präsidium ist. Und nicht nur dafür ... Er wird neuen Glanz in diese langweilige, schrecklich durchschnittliche Stadt bringen. Besser gesagt, er wird sie damit alle blenden und so sein epochemachendes Vorhaben unbemerkt starten können. Gefahr droht allerdings von den polizeilichen Untersuchungen. Doch ist das Fest nicht die beste Gelegenheit zu zeigen, daß das Institut sauber ist und seine Arbeit unbeirrt fortsetzt, daß es sich nur um die verabscheuungswürdige Tat zweier Mitarbeiter handelt? Er kann dazu sowieso nicht viel sagen, er ist schließlich erst seit kurzem als Geschäftsführer hier. Dieses Argument hat der Kerl von der Kriminalpolizei, dieser Thielen, sofort gefressen.

Er mußte Bully sicherheitshalber von der Treppe stoßen, sonst wäre unter Umständen alles aufgeflogen. Einfach Pech für den Chauffeur, daß er unerwünschter Zeuge eines Batterieaustausches geworden ist. Zur falschen Stunde am falschen Ort. Spalonzano und Coppola haben die Leiche professionell beseitigt – in jedem Menschen schlummert offenbar auch ein Verbrecher. Wenn er nicht beim Verfrachten des Toten in den Kofferraum unbemerkt den Zettel mit der Telefonnummer in Bullys Tasche gesteckt und Spalonzano das blutverschmierte Taschentuch stibitzt hätte, wäre die Kriminalpolizei bei der Identifizierung der Leiche nicht so schnell vorangekommen und wohl erst viel später auf das Institut gestoßen. Dann hätten der kleine Doktor und sein gewichtiger Assistent genügend Zeit gehabt, noch einmal alles auf verräterische Spuren hin zu überprüfen. Und hätten dann womöglich auch noch die Dateien auf ihren PCs gefunden. Er will gar nicht erst an die Konsequenzen denken. Garantiert hätten sie ihn neu aufgesetzt oder sogar ganz aus dem Verkehr gezogen ... Wo doch in seinem Inneren jetzt eine Batterie arbeitet, die weit weniger anfällig ist als die alten Dinger und zudem viel länger hält.

Eigentlich schade, daß die beiden nicht mitbekommen können, welch gute Arbeit sie geleistet haben. Doch hoffentlich werden die »Beweise« ausreichen, sie für lange Jahre hinter Gittern zu halten. Dann hätte er freie Bahn für sein Werk, das viel größer sein wird als das, was sich Spalonzano und Coppola je ausgemalt haben.

Die Gästeliste ist in Ordnung. Hoffmann drückt eine Taste seiner Telefonanlage. Gleich darauf meldet sich die Sekretärin. »Schicken Sie mir bitte Frau Estrella herein«, weist er sie an.

Maria wird das I-Tüpfelchen sein. Wenn sie durch die Reihen der Gäste schreitet, denkt niemand mehr daran, was hier in diesem Gebäude geschehen ist.

20

Er kann es noch gar nicht glauben, daß Maria tatsächlich zu ihm nach Hause gekommen ist. Dabei hat er sie mit einem der abgedroschensten Sprüche aus dem vorletzten Jahrhundert hierher gelockt: Ich möchte dir gerne mal meine Modelleisenbahn zeigen. Nur die Briefmarkensammlung hätte das noch unterboten. Ein ganz klein bißchen schämt er sich sogar dafür. Eigentlich Blödsinn, denn was heute geschehen soll, wird aus tiefster, reinster Liebe geschehen! Die Anlage unter dem Dach hat Fabian ihr gleich zu Anfang gezeigt. Aber sie hat sich nur sehr flüchtig dafür interessiert. Erstaunlicherweise hat sie gar nicht nach seiner Mutter gefragt. Obwohl er ihr schon häufiger gesagt hat, er wolle sie ihr vorstellen, seine Mutter sei schon sehr gespannt. Was auch stimmt.

Jetzt sitzen sie im Wohnzimmer nebeneinander auf dem alten Sofa, jeder ein Glas Sekt vor sich. Es ist das erste Mal, daß Maria in ein alkoholisches Getränk eingewilligt hat.

»Ich freue mich so sehr, daß du heute hier bist. Darauf laß uns anstoßen.« Fabian hebt das Glas. Maria tut es ihm gleich. Das Aufeinandertreffen ihrer Gläser klingt stumpf. »Prost.«

Er stürzt den Sekt hinunter, sie nippt.

Während er sich sofort nachfüllt, fragt er – mehr pro forma – nach dem Stand der Ermittlungen.

»Dr. Spalonzano und Coppola sitzen nach wie vor in Untersuchungshaft. Das ist nicht gut. Denn Dr. Hoffmann kennt sich nicht aus.« Maria nippt erneut am Glas, stellt es dann auf dem Couchtisch ab.

Wie traurig sie guckt. Das scheint sie wirklich mitzunehmen. Ich muß sie trösten. Und dann ...

»Dieser Hoffmann hat doch nicht etwa die Abwesenheit deines lieben Spalonzano ausgenutzt und ist zudringlich geworden?«

»Nein, nein«, versichert sie in erstauntem Ton. »Aber er veranstaltet demnächst einen Empfang, zu dem er die halbe Stadt eingeladen hat. Und ich soll ihm dabei zur Seite stehen.«

»Das ist doch für meine schöne Maria überhaupt kein Problem.« Nachdem er sein leeres Glas auf den Tisch zurückgestellt hat, legt er vorsichtig den Arm um ihre Schulter. Er spürt keinen Widerstand. »Die Gäste werden entzückt sein.« Fabian haucht ihr einen Kuß auf die Wange. Und auch das nimmt sie heute hin.

»Es ist nicht so einfach wie du denkst. Du mußt nämlich wissen ...«

Seine Lippen verschließen ihren rot lockenden Mund. Ein endlos langer Kuß. Dann löst sie sich und schiebt ihn mit beiden Händen vorsichtig von sich. Sie blicken einander an. In ihren schwarzen Augen liegt etwas, das er noch nie zuvor bei ihr gesehen hat. Kein Zweifel mehr, sie liebt mich auch!

»Maria«, stammelt er heiser, »Maria, du ...«

Der letzte Rest an Beherrschung ist aufgebraucht, es brechen die Dämme. Er reißt sie an sich, stürzt sich in Liebeswut auf ihren Mund, drängt seine Zunge zwischen ihre vollen Lippen, wo sie endlich die ihre findet. Schon diese erste Berührung jagt ihm einen heißen Schauer über den Rücken. Jetzt umspielen sich ihre Zungen, zuerst zärtlich, dann immer fordernder. Gierig, unersättlich. Doch selbst die wildesten Zungenküsse sind nur der Weg und nicht das Ziel.

Mehr!

Leicht legt Fabian die Hand auf ihren Busen, noch bereit, sie beim kleinsten Widerstand zurückzuziehen. Durch den dünnen Stoff der Bluse spürt er die verlockenden Rundungen. Mein Gott, sie hält still! Entschlossen umfaßt er die eine Brust. Fest, rund und nicht zu klein. Auch die andere soll nicht zu kurz kommen. Maria nimmt die stürmischen Liebkosungen erstaunlich kühl, er spürt kein aufgeregtes Herzklopfen – ganz anders ist es bei ihm selbst.

Nur Mut!

Er gibt ihre Lippen frei, macht sich mit zittrigen Fingern an den Knöpfen der Bluse zu schaffen. Nach einigem Bemühen kommt ein Spitzen-BH zum Vorschein. Welch ein Anblick!

Trunken vor Glück und edlem Begehren faßt er an Marias Knie. Im Gerangel ist der weiße Rock nach oben gerutscht und hat ein weiteres Stück ihrer schlanken Beine freigegeben. Ah, wie samtig ist die Haut. Seine Hände können nicht genug davon bekommen.

Als er den Rocksaum erreicht, entringt sich Marias Kehle ein silberheller Seufzer.

Vorwärts!

Als er sie unter dem Rock streichelt, macht sich Maria für Sekunden steif.

Fabian hält inne. Ist das Ende der Fahnenstange jetzt etwa doch erreicht?

»Ich liebe dich unendlich«, preßt er hervor. »Mein Ein und Alles.« Und knetet leicht ihre glatten, festen Schenkel.

Die öffnen sich dem nahezu Besinnungslosen in Zeitlupe, wie um die Spannung neckend noch zu steigern.

Nun gibt es gar kein Halten mehr, der Verstand ist endgültig im Eimer, pardon, in der Hose. Schon spürt er ihren Slip, schon streichelt er sie dort, wo sie am meisten Mädchen ist. Dann schlüpft der erste Finger vorwitzig unter den Stoffrand. Müßte jetzt nicht eigentlich ... Ungestüm sucht er weiter nach dem Eingang zum heiß ersehnten Paradies. Ist er denn tatsächlich so unerfahren, blöd?

»Du wirst nichts finden«, sagt sie mit Bedauern in der Stimme.

Fabian zuckt wie von der Tarantel gestochen zurück, blickt Maria verständnislos an.

Der momentane Herr über all seine Sinne aber schrumpft in Windeseile.

21

Verstört und zerstört kauert Fabian Flasch in der Sofaecke, die Sektflasche in der Hand. Was ihm Maria Estrella soeben gesagt hat, kann er einfach nicht glauben, will überhaupt nicht in seinen Kopf. »Du wirst nichts finden, weil ich ein Roboter bin.«

»Aber du siehst doch aus wie ein Mensch, du redest wie ein Mensch, du fühlst dich an wie ein Mensch«, hat er mit Mühe hervorgebracht. »Ich habe es doch gerade erst wieder gespürt.« Die schönste Frau der Welt in seinen Armen – und dann ist sie gar keine richtige Frau. So ein Glück kann auch nur er haben.

Sie hat von synthetischer Haut und unterfütterndem Kunststoffgewebe gesprochen, die ihr stählernes Gerippe so täuschend echt verbergen, von Künstlicher Intelligenz und neuronalen Netzen, die anstelle der grauen Zellen das Denken übernehmen, von leistungsstarken Akkus, die den künstlichen Körper in Gang halten. Das alles sei Dr. Spalonzanos Werk, er sei ihr sozusagen Vater und Mutter zugleich.

»Warum hast du es mir nicht vorher gesagt?« Fabian nimmt voller Verzweiflung den letzten Schluck aus der Flasche. »Warum hast du es bloß soweit kommen lassen?«

Mit wieder zugeknöpfter Bluse und glatt gezogenem Rock sitzt sie kerzengerade neben ihm, doch plötzlich trennt die beiden mehr als die vielleicht zwanzig Zentimeter zwischen ihnen.

»Ich hatte gehofft, daß es dazu nie käme. Aber manchmal wird man erst dann klug, wenn man die Realität im wahren Sinne des Wortes begreift. Damals im Park ...«

»Deine Rede von der platonischen Liebe.«

»Ja, ich habe gedacht, das würde dich auf Abstand halten.«

»So, wie jetzt, meinst du?« rettet er sich in verzweifelte Lakonie.

»Ach, Fabian«, sie rückt ein wenig näher und legt ihre linke Hand sanft auf seine rechte, die er wie haltsuchend auf das Polster gepreßt hält. »Ich habe nicht mit deiner Hartnäckigkeit gerechnet. Und ...« Sie zögert, um dann leise zu ergänzen: »Und mit meinen Gefühlen.«

»Du und Gefühle? Eben hast du mir noch gesagt, du seiest ein Roboter. Und dann Gefühle?« Fabian faßt sich mit der freien Hand an den Kopf. »Wie geht denn das zusammen?«

»Wir Roboter erfahren die Welt durch Sensoren, unsere fünf Sinne sozusagen, und speichern alles im künstlichen Gehirn. Das besteht aus Hardware und Algorithmen, die ein menschliches neuronales Netz nachbilden. Zu Beginn eines Roboterlebens«, sie lächelt, »beherrscht das Gehirn die für eine humanoide Verhaltensweise notwendigen Grundfunktionen und hat einen bestimmten Wissensvorrat, alles vom Programmierer vorgegeben. Aber wie beim Menschen wird die Startkonfiguration mit der Zeit verändert. Und wie bei euch nicht selten auf unvorhersehbare Weise. Man nennt es deep learning. Es können dadurch offenbar auch Dinge entstehen, die vom Schöpfer nicht geplant oder sogar nicht erwünscht waren. Das System ist eben äußerst komplex und sein Verhalten deshalb nicht immer nachvollziehbar.«

Maria spult den Vortrag so routiniert und sachkundig ab, wie sie auch über die Modelleisenbahn und den Schönheitsbegriff gesprochen hat. Was damals großes Erstaunen hervorrief, ist nun kein Wunder mehr. Fabian kann sich schon denken, wie das Wissen so beeindruckend schnell in den hübschen, aber leider künstlichen Kopf gelangt ist.

»Daß ich plötzlich Gefühle empfand, hatten Spalonzano und Coppola, der Programmierer, nicht vorgesehen. Und dann auch noch Gefühle für einen *Menschen* – Gefühle für *dich*, Fabian.« Sie blickt ihn liebevoll an.

Himmel, diese wunderschönen Augen! Und in Wahrheit doch nur gut getarnte 3D-Hochleistungskameras – die Vorstellung läßt ihn innerlich erneut erschauern.

»Die beiden haben mir die Gefühle austreiben wollen«, fährt sie fort, »indem sie in das neuronale Netz eingegriffen haben. Bei dieser Gelegenheit haben sie mir auch das mit der platonischen Liebe beigebracht. Doch die Operation war nicht ganz erfolgreich, denn die Gefühle sind geblieben.«

»Ich verstehe nicht sehr viel von Künstlicher Intelligenz und allem, was sonst noch damit zu tun hat. Doch wäre es nicht ein Leichtes gewesen, dich – äh, dein ...«, es fällt ihm unendlich schwer, im Zusammenhang mit seiner geliebten Maria so technisch daherzureden, »... deinen Anfangszustand wiederherzustellen?«

»Aber dann wären alle Erfahrungen, die ich bis dahin gemacht hatte, vergessen gewesen. Das hätten die Menschen, mit denen ich zu tun habe, ihr vom Klub beispielsweise, sofort gemerkt.«

»Dein Dr. Spalonzano will also Roboter bauen, die in allem wie Menschen sind.« Er hält inne, denn eines hat der Kerl auf jeden Fall vergessen: Maria ist keine vollwertige Frau, zwischen den Beinen nichts anderes als eine Schaufensterpuppe.

»Ich nehme an, das ist sein Ziel. Darüber gesprochen hat er natürlich nicht mit mir. Er hat mich eher wie ein unwissendes Kind behandelt. Ich meine, er ist schon sehr weit gekommen. Denn niemand hat gemerkt, daß ich nicht aus echtem Fleisch und Blut bin. Eine intime Verbindung mit einem Menschen war allerdings auch nicht vorgesehen.«

Sie hat seinen Gedanken erraten. Ist dieses Einfühlen in den anderen denn nicht auch ein untrügliches Zeichen von Liebe?

»Ach, Fabian, ich habe mir so viel Mühe gegeben, das, was ihr Menschen Liebe nennt, zu verstehen – deinetwegen. Auch die körperliche Seite. Alles mögliche habe ich mir im Internet angeschaut: Küssen, Streicheln und was danach kommt. Ich habe verstanden, daß es sich um einen Trieb handelt, den es auch bei den Tieren gibt. Er dient der Fortpflanzung, aber bei euch Menschen hat er noch eine andere, davon losgelöste Funktion: sich gegenseitig größte Lust zu bereiten, die im besten Fall Mann und Frau zu einem Paar zusammenschweißt.«

»Du sprichst von Gefühlen, die du für mich empfindest.«
In Fabian keimt Hoffnung auf. »Dann mußt du doch bei unseren Küssen etwas gespürt haben.«

»Nein, liebster Fabian, deine Berührungen wurden von den Sensoren natürlich ordnungsgemäß an mein künstliches Gehirn gemeldet, aber sie haben zu keiner Steigerung der Gefühle geführt, geschweige denn zu neuen Empfindungen, die ich vielleicht als Lust bezeichnen könnte. Ich bin mir fast sicher, daß es bei mir keinen Algorithmus zur Simulation von Endorphinen und anderen Botenstoffen gibt. Zudem hat Spalonzano dort unten nur sparsam Sensoren verteilt.«
Maria sieht ihn tieftraurig an. »Ich würde jetzt weinen, wenn ich es denn könnte.«
Sie umarmen sich in Verzweiflung.
»Wie du nun ja weißt, bin ich für die körperliche Vereinigung nicht gebaut. Unsere Liebe wird platonisch bleiben – bleiben *müssen*. Ich hoffe inständig, daß du trotzdem zu mir stehst, Fabian.«

Bald darauf ist Maria Cecilia Olimpia Estrella mit einem Taxi nach Hause gefahren. Vorher hat sie wenigstens noch seine Neugierde befriedigt. Einen Verdauungsapparat gebe es natürlich auch nicht, das, was sie esse und trinke, gelange in einen Behälter im Bauchraum, der dann geleert werden müsse. Wegen des nicht allzu großen Fassungsvermögens könne sie nicht üppig schwelgen, wie er sicherlich bemerkt habe. Aber bei einer schlanken Frau – dabei hat Maria sogar ein bißchen stolz gelächelt – wirke Zurückhaltung beim Essen nun einmal sehr glaubwürdig. Natürlich vermisse sie nichts, denn die Geschmacksnerven habe Spalonzano logischerweise weggelassen.
Auch von einem Problem mit den Akkus hat Maria berichtet. Wegen des hohen Strombedarfs müßten diese häufig nachgeladen werden – dazu gebe es unterhalb ihrer linken Achselhöhle eine Steckerverbindung –, weshalb sie ziemlich schnell an Kapazität verlören. Daher müßte man die Akkus von Zeit zu Zeit auswechseln. »Das Aufladegerät kann ich

selbst bedienen. Doch was geschieht, wenn bei mir eine Auswechslung notwendig würde, bevor Dr. Spalonzano oder Coppola aus dem Gefängnis entlassen wird? Nur sie wissen nämlich Bescheid. Doch auch wenn ich wüßte, wo die Akkus gelagert sind, könnte ich sie nicht auswechseln, denn in jenem Moment bin ich sozusagen außer Betrieb.« Der Geschäftsführer müsse doch eingeweiht sein, hat Fabian gemeint, der könne bestimmt Nothilfe leisten. »Dr. Hoffmann? Ich weiß nicht so recht.«

Fabian sitzt in der Küche und trinkt, jetzt ist es Bier. Noch immer ist er aufgewühlt. Alle möglichen und unmöglichen Gedanken schießen ihm durch den Kopf. Dafür sorgt unter *seiner* Schädeldecke immerhin eine graue Masse, in der Nervenzellen und chemische Botenstoffe auf *organischer* Basis zusammenarbeiten. Die einzige Gemeinsamkeit mit Marias Gehirn mögen elektrische Impulse sein.

Er liebt einen weiblichen Roboter!

Halt, woran ist ihre Weiblichkeit denn überhaupt festzumachen? An ihren Haaren, ihrem wunderschönen fraulichen Gesicht, ihrer phantastischen Figur mit dem wohlgeratenen Busen? Wo doch alles nur künstlich ist, lediglich ein schöner Schein. Grundsätzlich gefragt: Wie weit ist es denn bei ihr mit einem Bewußtsein? Paßt es, wenn tatsächlich schon irgendwie vorhanden, zu ihrem Äußeren oder tendiert es beispielsweise eher zu einem dritten Geschlecht, amtlich als *divers* bezeichnet? Er indes spricht wie all die anderen Männer auch, die Maria angaffen, auf Reize an, die ihm signalisieren wollen, daß er es mit einem weiblichen Menschen zu tun habe. Und das geht bei ihm mit *natürlichen* Gefühlen einher.

Doch wie steht es umgekehrt um die Liebe, die *ihm* gilt? Von welcher Art ist das Gefühl, das Maria offenbar für ihn empfindet – zu empfinden glaubt? Ganz nüchtern betrachtet – obwohl das in seinem Zustand, auch des Alkohols wegen, merkwürdig klingen mag – könnte es sich noch nicht einmal um die *simulierte* Liebe einer Frau handeln, nein, es wären auch männliche Gefühle oder sonst was denkbar, denn er wird von einer raffiniert konstruierten Maschine geliebt, die eigentlich geschlechtslos ist. So wie die äußere Hülle auch, denn das wichtigste Geschlechtsmerkmal fehlt, wie er vorhin schmerzlich hat erfahren müssen. Es ist diese leere Stelle, die ihn zur Verzweiflung treibt. Sein Begehren will Erfüllung finden. Verdammt noch mal, es gibt doch Sexpuppen zu kaufen, angeblich sogar mit künstlicher Intelligenz und witzigerweise aus chinesischer Produktion. Könnte man denn nicht Maria entsprechend – wie soll man sagen? – aufrüsten? Und wenn das nicht geht – es gibt doch Praktiken, die ihm auch ohne Einsatz der von der Natur vorgesehenen Öffnung zum Höhepunkt verhelfen würden. Es wäre ja sowieso nur eine einseitige, für den Roboter, die Roboterin?, namens Maria ausschließlich mechanische Angelegenheit.

Kaum gedacht, erschrickt Fabian vor sich selbst. Ein wahrhaftig Liebender kommt nicht auf solche Ideen! Da wird ihm reine Liebe entgegengebracht – sogar im wortwörtlichen Sinn, denn was ist reiner als ein im Reinraum hergestellter Siliziumchip? –, und ihm fällt nichts Besseres ein, als sich pikante Sexszenen auszumalen, die seiner Lust allein dienen. Wie bei einer Nutte. Schändlicher kann man Marias Gefühle wohl kaum vergelten ...

Aber sie ist doch in Wirklichkeit nur eine technisch hochgerüstete Schaufensterpuppe, oder? Wie soll es denn mit ihnen weitergehen? »Darf ich Ihnen meine Puppe vorstellen?« Fabian lacht laut auf. Die Leute würden noch nicht einmal ahnen, daß er die lautere Wahrheit gesagt hätte.

Seine Überlegungen drehen sich immerzu im Kreise, davon ist ihm inzwischen richtig schwindlig geworden.

Plötzlich wird ihm klar, daß er nun ein ungeheuerliches Geheimnis teilt. Dieser Dr. Spalonzano hat klammheimlich einen Roboter in die Welt gesetzt, der einem Menschen auch im Verhalten so täuschend ähnlich ist, daß bis heute niemand etwas bemerkt hat. Ist womöglich das *Institute for German Asian Concerns* nur zu diesem Zweck gegründet worden? Warum die Geheimniskrämerei? Will man sich damit lediglich einen Vorsprung gegenüber der Konkurrenz verschaffen oder verfolgt man zweifelhafte Ziele? Der Mordfall! Daß Spalonzano bei der Polizei bislang offenbar eisern über seine Forschungsarbeit geschwiegen hat, läßt Fabian eher schlimme Absichten vermuten.

Wie soll er mit seinem Wissen umgehen? Die Öffentlichkeit informieren? Damit würde er Maria für immer verlieren. Diese Erkenntnis jagt ihm einen Schrecken ein. Und im Nachgang noch die für diesen Moment nahezu lächerlich unbedeutende Eingebung – wohl seinem besoffenen Kopf geschuldet: Der Modelleisenbahn-Klub Lischda hätte dann ja gar keine quotengerechte Vorsitzende mehr ...

Nein, er wird nicht Schicksal spielen, er wird schweigen. Es kommt, wie es kommt.

22

Nur mühsam geht Fabian Flasch an diesem Tag die Arbeit von der Hand. Immer wieder schweifen seine Gedanken ab. Nach wie vor steckt er gefühlsmäßig in der Klemme.

Einerseits möchte er Maria so oft wie möglich treffen – seit Bullys Tod und der daraus folgenden Abwesenheit von Spalonzano kann sie sich viel freier bewegen –, andererseits wird ihm jedes Wiedersehen zur süßen Qual. Denn der Anblick dieser hinreißenden Frau überwältigt ihn immer und immer wieder aufs neue, gleichzeitig wird ihm jedoch schmerzlich bewußt, daß dies alles nur Fassade ist. Wenn sie sich voneinander verabschieden, nehmen sie sich in den Arm, kurz nur und ohne Kuß. Sein Verstand sagt dazu ja, sein Körper aber rebelliert gegen den Vollzug der reinen Liebe. Wie lange wird er das durchhalten?

Er holt und bringt sie jetzt übrigens häufig mit seinem Auto. Daß Maria gar nicht in der Schillerstraße wohnt, sondern im Institut lebt – er muß dieses letzte Wort häufig in Anführungszeichen denken –, hat er am Tag der Enthüllung ebenfalls erfahren.

Inzwischen meint er auch zu verstehen, weshalb sie, die Schöne, ausgerechnet ihn, durchschnittlich in Aussehen und Begabung, liebt (hier läßt er nur selten und ungern die Anführungszeichen zu). Irgendein Algorithmus ist dafür verantwortlich, denn die Roboterin Maria konnte zumindest zu Anfang ihrer Existenz nichts von Schönheit wissen. Er, Fabian Flasch, hat aus unerfindlichen Gründen auf diese spezielle Weise prägende Spuren in ihrem neuronalen Netz hinterlassen, und wenn man bei Maria nicht wieder den Urzustand herstellt, wird ihre Liebe, diese reine Liebe, ewig Bestand haben. Ist das denn nicht herrlich? Ja gewiß, aber eben auch unmenschlich. Was auch sonst?

Gestern hat sie ihre Teilnahme an der monatlichen Vorstandssitzung kurzfristig abgesagt. Es gebe Probleme mit den Akkus, sie werde sich gleich wieder ans Ladegerät hängen müssen.

Fabian wendet sich abermals dem Bildschirm zu. Ich muß mich konzentrieren, sonst werde ich mit der Aufstellung der Quartalszahlen für die Division »Functional Materials & Solutions« heute nicht mehr fertig. Deren Leiter, Tom Baecker, kann ganz schön unangenehm werden. Hat mich vor ein paar Tagen am Telefon zusammengefaltet, weil ich den Deckungsbeitrag eines bestimmten Produktes nicht sofort parat hatte. Sonst eigentlich meine Stärke – ich habe ein sehr gutes Zahlengedächtnis, was mir übrigens auch bei den Baureihen der Deutschen Bahn zugute kommt –, aber so kurz nach dem Maria-Desaster …

Das Telefon klingelt. Er hebt widerwillig ab und murmelt nachlässig seinen Namen.

»Fabian, du mußt sofort kommen.« Maria klingt matt und gehetzt zugleich. »Meine Akkus … Heute abend ist doch der Empfang.«

Er schaut auf seine Armbanduhr: schon bald drei. »Ich muß hier noch schnell etwas fertig machen. Danach komme ich sofort. Ich rufe dich vorher an. Kannst du noch so lange warten?«

»Ja, aber beeil dich!« Jetzt ist Angst in ihrer Stimme.

Zum Glück findet er in noch annehmbarer Entfernung zum Institut einen Parkplatz. Er hastet durch die Straßen. Wenn die eilig zusammengeschusterten Quartalszahlen stimmen sollten, wird er eine Kerze anzünden. Besser, er stellt sich auf einen weiteren Anschiß morgen ein.

Ob sie ihn in der Empfangshalle abholen könne, hat er Maria beim Anruf vor gut einer halben Stunde gefragt. Nein, sie sei einfach schon zu schwach dazu. Er müsse sich etwas einfallen lassen, um an der Anmeldung vorbeizukommen.

Leichter gesagt als getan. Auf dem ganzen Weg hierher hat Fabian ergebnislos nach einem geschickten Schachzug gesucht. Er wird wohl in Abhängigkeit von der herrschenden Lage geistesgegenwärtig handeln müssen – nicht unbedingt seine Stärke.

Vor dem Gebäude blockieren zwei Lieferwagen mit eingeschalteter Warnblinkanlage die rechte Fahrspur der Königstraße. Gerade trägt man Bistro-Tische nach drinnen. Auf dem Gehweg steht eine Reihe Kübelpflanzen. Aha, die Vorbereitungen für den abendlichen Empfang sind in vollem Gange. Fabian geht vor bis zum sperrangelweit geöffneten Eingang und wirft einen Blick in den Empfangsbereich. Dort wuseln etliche Leute herum. Obwohl dies die Aussicht, unbehelligt durchzuschlüpfen, deutlich erhöht, zögert er.

»Achtung, Platz da«, ruft es hinter ihm. Erschrocken macht er einen großen Schritt zur Seite. Zwei Männer in dunkelgrünen Overalls mit der Aufschrift »Flower-Power« schleppen einen Kübel an ihm vorbei. Mensch, die Gelegenheit! Ganz dicht hinter den beiden, im Windschatten der Pflanze betritt er das Gebäude. Von seinem spontanen Einfall angespornt nimmt er wie prüfend ein Blatt zwischen die Finger und meint: »Das ist aber ein hübsches Bäumchen.« Der ältere Gärtner brummelt daraufhin irgendetwas vor sich hin. Jetzt sind sie bereits mitten in der Halle.

»Der Lorbeer kommt dort hinten hin«, ruft jemand. Schon wieder Glück gehabt, die bezeichnete Stelle ist nicht sehr weit von einer Tür entfernt, auf der sich die Aufschrift »Notausgang« und ein Treppensymbol befinden. Während die Träger ihre Last absetzen und sofort wieder dem Ausgang zustreben, verschwindet Fabian im Treppenhaus.

Er stürmt, zwei Stufen auf einmal nehmend, nach oben. Niemand begegnet ihm. Im dritten Stock angekommen, muß er erst einmal tief durchatmen. Dann zieht er die schwere Tür auf und betritt den schwach erleuchteten Flur. In hastigem Vorwärts liest er die Namensschilder. Endlich steht er vor Spalonzanos Büro. Er klopft dreimal und nach wenigen Sekunden erneut dreimal – das verabredete Zeichen. Mit angehaltenem Atem lauscht er.

»Fabian?« dringt es endlich kaum hörbar durch die Tür. Auf seine halblaute Bestätigung hin bewegt sich etwas im Zimmer. Ihm kommt es wie eine Ewigkeit vor, bis schließlich von innen aufgeschlossen wird und ein dunkles Auge im Spalt erscheint. »Endlich«, haucht sie und zieht die Tür langsam auf.

Kaum ist Fabian hindurchgeschlüpft, schließt Maria wieder ab. Jetzt bewegt sie sich tatsächlich wie ein Roboter aus einem älteren Film auf ihn zu: langsam und ungelenk. Entkräftet fällt sie ihm in die Arme.

»Meine Güte, Maria. Was ist mit dir los?«

Ihrem Gesicht sieht man nichts an, es ist schön wie immer. Nun, es fehlt ihr ja auch die anatomische Ausstattung, die Unwohlsein und Schwäche körperlich ausdrücken könnte.

»Führ mich bitte zurück zur Liege und schließ mich wieder an das Ladegerät an.«

Er hebt sie auf – er hat mit einem geringeren Gewicht gerechnet –, trägt sie hinüber und legt sie vorsichtig auf die weiße Kunststoffunterlage. In einer Halterung seitlich der Liege hängt das lose Ende eines schwarzen Kabels, das zum Ladegerät auf dem Boden führt.

Maria schiebt die bis auf die zwei untersten Knöpfe geöffnete Bluse mit einer müden Bewegung halb über die linke Schulter und hebt den Arm. In der Achselhöhle befindet sich eine rechteckige, mit einem passenden Stück synthetischer Haut wiederverschließbare Öffnung, hinter der sich die Stekkerverbindung verbirgt. »Schieb es da hinein, bitte.«

Durch diese Aufforderung bekommt die ganze Situation für Fabian plötzlich etwas Obszönes. Doch vergeht ihm der unpassende Gedanke im nächsten Moment schon wieder.

»Die Akkus kann man nicht mehr richtig aufladen.« Ihre Stimme gewinnt jetzt, da der Strom direkt durch ihren Körper fließt, an Festigkeit. »Sie reichen inzwischen nur noch für wenige Minuten. Nur ein Austausch kann mir helfen. Sonst müßte ich am Gerät angeschlossen bleiben und wäre für immer eingesperrt. Wenn ich trotzdem versuchen würde hinauszugehen ...«

Fabian setzt sich auf den Rand der Liege und ergreift zärtlich ihre Hand. Obwohl er zu wissen meint, was sie mit dem abgebrochenen Satz sagen will, fragt er etwas zittrig:»Was wäre dann, liebste Maria?«

»Ohne ausreichenden Strom kann ich mich zunächst nicht mehr richtig bewegen, denn der eingebaute Rechner hat bei der Versorgung absoluten Vorrang. Und wenn schließlich gar nichts mehr fließt, schalten sich alle Aggregate endgültig ab. Deine Maria ist dann stillgelegt.« Ein kleines Lächeln huscht über ihr Gesicht.

Dann verliere ich sie. Dieser Gedanke läßt ihn erstarren. Doch darauf folgt sofort ein zweiter, der ihm wieder Hoffnung gibt.

»Aber du bist nicht tot – ich meine, wie die Menschen.« Er beugt sich über sie und küßt ihren verlockenden Mund.

»Du bist – äh, euresgleichen kann man doch jederzeit wieder in Betrieb nehmen, ihr könnt zu jeder Stunde Auferstehung feiern.«

»Vorausgesetzt, irgend jemand gibt uns wieder Strom.«

»Ich würde dich natürlich erneut zum Leben erwecken, Maria. Denn ohne dich will ich nicht mehr sein.«

Es ist heraus! Alle Zweifel sind wie weggewischt, er sieht jetzt klar.

Maria schiebt ihn, der jetzt halb auf ihr liegt, behutsam von sich. »Vorsicht, der Stecker!« Welch liebevoller Blick.

Während Fabian in die Sitzhaltung zurückkehrt, fährt Maria mit ihrer unaufgeregten Stimme fort:»Bald beginnt der Empfang, und Dr. Hoffmann fordert meine Anwesenheit. Doch ohne neue Akkus komme ich keine zehn Schritte weit.«

»Vielleicht befindet sich Ersatz in einem der Schränke hier?«

»Da habe ich schon vor Wochen nachgesehen. Sie sind halb leer. Nur irgendwelche Ordner, Zeitschriften und Büromaterial. Von Akkus keine Spur.«

Fabian unterdrückt den Impuls, selbst die Schränke zu öffnen.

»Hast du eine Ahnung, wo Spalonzano die Dinger aufbewahren könnte? In einem anderen Raum oder irgendwo im Keller?«

»Die Akkus lagen beim Betreten des Zimmers immer schon auf dem Schreibtisch. Selbst wenn ich eine Vermutung hätte – was nützte uns das? Wir können – du könntest doch nicht überall danach suchen. Erstens fiele das auf, und zweitens haben wir keine Schlüssel. Es ist einfach ...«

Maria hält unvermittelt inne und legt einen Finger auf den Mund, denn man hört Schritte auf dem Flur. Gleich darauf wird geklopft und fast gleichzeitig die Klinke heruntergedrückt. Nach einer minimalen Pause dann ungeduldiges Rütteln an der Tür.

»Maria, sind Sie da drinnen?«

Lautlos formen ihre Lippen den Namen Hoffmann.

»Maria, gleich beginnt der Empfang«, dringt es gedämpft herein. »Und ich muß noch einiges mit Ihnen besprechen. Maria!«

Vorübergehende Stille. Was macht Hoffmann jetzt?

Der rüttelt noch einmal kurz an der Tür, spricht dann irgendetwas vor sich hin – es klingt ärgerlich –, scheint sich dabei aber langsam zu entfernen.

Minutenlang lauscht Fabian angestrengt nach draußen. Dann schleicht er sich zur Tür und legt ein Ohr daran. Nichts.

Mit beruhigender Geste geht er zur Liege zurück. »Hoffmann ist weg«, flüstert er.

»Und wenn er gleich mit einem Schlüssel wiederkommt?«

Fabian beruhigt sie. Warum sollte er das tun? Der weiß doch überhaupt nicht, daß sie tatsächlich in diesem Raum ist. Das war lediglich ein Versuch. Hoffmann wird sie sicherlich jetzt woanders suchen. Außerdem steckt der Schlüssel von innen.

»Aber gerade das wäre doch verräterisch, falls er es später mit einem Nachschlüssel probiert«, gibt sie zu bedenken.

Ja, ja, mit Schaltkreisen unter der künstlichen Schädeldecke kann man ziemlich leicht einen kühlen Kopf bewahren.

Aber auch meine grauen Zellen sind logischer Schlüsse fähig:»Du mußt so schnell wie möglich von hier verschwinden, Maria.«

»Ohne Akkus?«

Nach einigem Hin und Her kommt ihr – warum bloß nicht ihm? – der rettende Gedanke:»Fabian, du mußt Dr. Spalonzano im Gefängnis aufsuchen und ihn fragen, wo die Ersatzakkus sind.«

»Warum sollte er mir das verraten? Eigentlich kann es doch nur in seinem Sinne sein, daß du hier gefangen liegst. Denn wenn du dich ohne seine Kontrolle frei bewegst, muß er sogar befürchten, daß du auf Abwege gerätst.«

»Das sehe ich anders«, beharrt sie.»Er will das Geheimnis meiner wahren Existenz unbedingt hüten, sonst hätte er bei der Polizei längst ausgesagt. Es bleibt ihm also gar nichts anderes übrig, als dir den Lagerort der Akkus zu nennen.«

»Immerhin weiß er dann aber, daß ich das Geheimnis kenne. Vielleicht gibt es Hintermänner, die gefährlich sind. Denk an Bully! Der hat möglicherweise sterben müssen, weil er irgendwie bemerkt hat, daß du ...« Er zögert kurz, ehe er das Unerwünschte, doch leider Unvermeidliche ausspricht.»Nun, daß du eine Roboterin bist. Es könnte verdammt gefährlich werden.«

Ein langer, trauriger Blick trifft ihn.»Du hast doch aber eben gesagt, daß du ohne mich ...«

Er wird puterrot im Gesicht. Ich bin ein gottverdammter Feigling. Für seine große Liebe geht man doch sogar durchs Feuer, oder? Aber da sie sehr wahrscheinlich überhaupt kein Angstgefühl kennt – wie und wo hätte sie es denn lernen können? –, bleibt ihr mein Zögern unbegreiflich.

»Entschuldige, Maria. Selbstverständlich werde ich es tun. Natürlich.«

Inzwischen überhaucht Abendrot des Tages Himmelsblau, und erste Schatten nisten in den fensterfernen Winkeln.

Plötzlich erklingen die Anfangstakte der Barcarole aus »Hoffmanns Erzählungen«. Ihr Händi auf dem kleinen

Tisch! Welcher Witzbold hat denn bloß diese Erkennungsmelodie eingestellt?

Sie warten still das Ende des Signals ab.

»Er sucht mich immer noch. Wie geht es denn nun weiter? Was sollen wir machen?« will Maria wissen.

Von mutmachenden Umarmungen, manchem Schweigen und keuschen Wangenküssen unterbrochen, beratschlagen sie die nächsten Schritte. Klar ist, daß Maria nicht am Empfang wird teilnehmen können. Wie aber findet Fabian wieder aus dem Gebäude hinaus? Unten werden schon bald die ersten Gäste eintreffen. Sich dreist darunter mischen und nach einem Gläschen Champagner unbemerkt verschwinden? Wohl eher nicht, denn in blauen Jeans und ohne Krawatte fällt er bestimmt aus dem festlichen Rahmen. Vielleicht wie vorhin den Mitarbeiter einer der den Empfang ausrichtenden Firmen mimen, der aus irgendwelchen Gründen jetzt erst geht? Er wird wieder auf eine Gunst des Augenblickes hoffen müssen.

»Kannst du mich hinauslassen und dich dann wieder an das Gerät anschließen?«

Maria nickt. Sie glaubt, dafür genug Energie getankt zu haben. »Und wenn nicht, dann falle ich in tiefen Schlaf. Und du wirst mich wieder aufwecken.«

Sie entstöpselt sich selbst und verläßt die Liege ohne Hilfe. An der Tür umarmt sie Fabian unerwartet leidenschaftlich. Er spürt ihren perfekt modellierten Körper. O Augenblick, verweile doch ...

»Nun geh!«

23

»Frau Estrella ist leider kurzfristig erkrankt«, beantwortet Dr. Hoffmann die Frage des Oberbürgermeisters.
»Wie schade! Doch hoffentlich nichts Ernstes?«
»Nein, nein, nur eine starke Erkältung – wie angeflogen. Aber wir wollen ja niemanden anstecken, nicht wahr? Auf Ihr Wohl.« Der Geschäftsführer hebt lächelnd sein Champagner-Glas. Es ist schon ein Vorteil, daß er bedenkenlos mit jedem anstoßen kann.
»Herzlichen Dank für die Einladung.«
Kaum hat man ein paar Belanglosigkeiten ausgetauscht, muß sich Hoffmann schon wieder entschuldigen, denn neue Gäste erfordern seine Aufmerksamkeit: der Leiter des hiesigen Finanzamtes in Begleitung seiner Gattin. »Ich freue mich sehr, daß ich Sie endlich persönlich kennenlerne. Sie sind ja in aller Munde.«
»Unglücklicherweise ja, gnädige Frau«, legt der Gastgeber die Stirn gekonnt in Falten. »Deshalb finde ich es wunderbar, daß Sie trotzdem ins Mörderhaus gekommen sind.« Er zwinkert ihr zu und lacht herzerfrischend.
»Eine schreckliche Sache, gewiß. Aber meine Bemerkung war ganz anders gemeint, lieber Herr Dr. Hoffmann. Von Ihnen ganz persönlich spricht man, und, seien Sie versichert, es ist nur Gutes, was man hört.«
»Sie machen mich jetzt aber ein bißchen verlegen, gnädige Frau. Ganz im Vertrauen«, er hat die Stimme gesenkt, »so schöne Worte habe ich gar nicht verdient.« Dann prostet er ihr mit einer ganz leichten Verbeugung zu und trinkt aus. Gleich darauf läßt er seinen Blick dezent durch die Halle gleiten und meint: »Sie entschuldigen mich, bitte. Die Pflicht des Gastgebers ruft. Nachher werden wir sicherlich noch genügend Zeit für ein anregendes Gespräch finden.«

Damit bahnt sich der Geschäftsführer einen Weg durch die bereits beträchtlich angewachsene Gästeschar, wobei er im Vorübergehen bei einer Servierdame sein leeres Glas gegen ein volles tauscht.

Viele Gesichter sind ihm unbekannt, doch grüßt er artig. Dann entdeckt er an einem der Bistrotische den amtierenden IHK-Präsidenten im Gespräch mit einer sehr sexy wirkenden Frau. Sie mag Mitte Vierzig sein, trägt ein enggeschnittenes schwarzes Cocktailkleid, das zu einer Bob-Frisur modellierte schwarze Haar glänzt wie frisch lackiert.

»Egli«, stellt sie sich selbst vor und taxiert dabei Hoffmann unverschämt eindeutig von oben bis unten.

»Frau Egli, ich heiße Sie sehr herzlich willkommen.« Warum nur grinst sie so frech?

Der IHK-Präsident klärt lächelnd auf: »Das ist Frau Haber-Maas, sie ist die Vorsitzende der Einkaufsgenossenschaft Lischda, EGLi abgekürzt.«

»Machen Sie sich nichts daraus. So werden Sie meinen Namen auf gar keinen Fall vergessen.« Dabei legt sie Hoffmann eine schmale Hand auf den Arm.

Heike Haber-Maas, das scharfe Aas, so nennt man sie in Lischdas besseren Kreisen, und das nicht nur, weil die Inhaberin eines Wäscheladens in bester Innenstadtlage Geschäftsinteressen beinhart zu vertreten weiß. Nach einer kurzen Ehe, an die sie sich schon längst nicht mehr erinnert, hat sie sich ganz aufs Naschen verlegt, wobei sie zwischen verheiratet und ledig keinen Unterschied zu machen pflegt. Im Augenblick ist sie solo, weil sie Leandro, einen knackigen brasilianischen Kunststudenten, nach einem halben Jahr vor die Tür gesetzt hat. Der hatte irrigerweise angenommen, seine beachtlichen Liebeskünste allein würden ihm ein ansonsten anstrengungsloses Leben bescheren. Die Räumlichkeiten der Hochschule für Gestaltung hatte er deshalb konsequent gemieden – zum wachsenden Ärger seiner Gönnerin, die auch außerhalb des Schlafzimmers dem Leistungsgedanken frönt. Da kommt ihr Dr. Hoffmann geradewegs wie gerufen, diesen bildschönen und zudem erfolgreichen Mann wird sie sich nicht entgehen lassen – auch wenn er sie jetzt mit dem langweiligen IHK-Präsidenten allein läßt. Heike, du wirst dranbleiben! Noch jemand hat sich sofort in den Geschäftsführer verguckt: der Bezirksvorsitzende der Grünen. Leider hat er Hoffmanns Aufmerksamkeit noch nicht erringen können. Daß sein Schwarm auf die unverschämten Avancen dieser schrecklichen Haber-Maas nicht eingegangen ist, macht ihm ein wenig Hoffnung. Er wird ihm heute abend dezent auf den Fersen bleiben, um in einer unverfänglich daherkommenden Plauderei, es sind ja Grußworte seiner Partei zu überbringen, auszuloten, ob der Begehrenswerte auf der richtigen Seite steht.

Dr. Marte Hoffmann ist in der Nähe des Aufzugs stehen geblieben. Die festlich beleuchtete Halle, die Ansammlung erwartungsfroher Gäste, das summende Durcheinander ihrer lebhaften Unterhaltung: Er kann sehr zufrieden sein. Der Empfang scheint ein voller Erfolg zu werden – trotz dem schlimmen Vorfall, der den noch kaum etablierten Ruf des *Institute for German Asian Concerns* durchaus hätte in Mitleidenschaft ziehen können. Fast alle sind gekommen, von den Vertretern der Parteien über die Manager der wichtigen Firmen bis hin zu den Vorsitzenden von Rotary und Lions. Lediglich der Polizei- und der Landesgerichtspräsident haben sich entschuldigen lassen, was angesichts des laufenden Verfahrens gegen Spalonzano und Coppola natürlich nur zu verständlich ist. Gleich wird er auf das kleine Podium vor dem Empfangsschalter steigen, die Anwesenden begrüßen und ein paar wohlgesetzte Worte über das Institut anfügen, ohne selbstverständlich dessen wahre Mission zu verraten. Die Art und Weise, wie man etwas sagt, ohne etwas zu sagen, hat er sich aus einschlägigen Reden im Internet mit der *Big-data*-Methode herausgefiltert. Am Ende dieses luftigen Nichts wird er zur Erstürmung des Büffets aufrufen – mittlerweile von den allermeisten ungeduldig herbeigesehnt.

In diesem Moment öffnet sich die Tür zum Treppenhaus einen Spalt weit, und nach kurzem Zögern schlüpft Fabian

Flasch unbemerkt in die Halle. Möglichst immer an der Wand entlang will er den Weg zum Ausgang suchen. Nur wenig vor ihm sieht er einen Mann in dunklem Anzug stehen, der sich dummerweise gerade jetzt umdreht. Flasch rettet sich hinter einen Lorbeerbaum. Der ist aber nicht ausladend genug, um ihn ausreichend zu verbergen. Der Mann kommt direkt auf ihn zu.

»Ah, gut, daß ich Sie treffe«, spricht er Fabian an. »Sie sind doch der Hausmeister.« Und ohne eine Antwort abzuwarten, fährt er fort: »Das Spalonzano-Büro im dritten Stock ist abgeschlossen. Leider habe ich keinen Schlüssel. Würden Sie mir bitte einen besorgen?«

Das muß Dr. Hoffmann sein. Fabian Flasch nickt kaum merklich. Er bildet sich ein, auf diese Weise wenigstens nicht dreist zu lügen. Dabei kann ihm doch nur jedes Mittel recht sein, Maria aus ihrer Zwangslage zu erretten.

»Sehr schön. Treffen wir uns doch in einer halben Stunde vor meinem Büro, ja?«

Damit ist Flasch aber noch nicht entlassen. »Übrigens, haben Sie heute abend schon einmal Frau Estrella gesehen? Ich suche sie händeringend, denn sie sollte eigentlich hier beim Empfang zugegen sein. Ich mache mir schon ein bißchen Sorgen.«

»Leider nein, Dr. Hoffmann.« Er hat Marias Vorbehalte dem Geschäftsführer gegenüber längst zu seinen eigenen gemacht.

Als Hoffmann ihm mit einem »Dann bis nachher« die Hand gibt, durchfährt es Fabian Flasch heiß. Unter der eher samtenen Haut spürt er eine überraschende Festigkeit. Das kennt er doch, das ist ja genauso wie bei Maria. Millisekunden später die Erkenntnis: Auch Dr. Hoffmann muß ein Roboter sein! Was zum Teufel geht hier vor sich?

Zum Glück bekommt der Geschäftsführer von Flaschs Verwirrung nichts mit. Oder tut er nur so? Jedenfalls wendet er sich ab und geht in Richtung Empfang davon. Nach wenigen Schritten wird er von einer Frau aufgehalten.

»Herr Dr. Hoffmann, würden Sie mir bitte für einen Moment Ihre geschätzte Aufmerksamkeit schenken?« Annegret

Krampfbauer, die Landesvorsitzende der Schwarzen, zieht ihn dabei ein wenig zur Seite, dorthin, wo sich im Moment niemand sonst aufhält.

Mit gedämpfter Stimme fährt sie fort:»Ich soll Ihnen die besten Grüße von Bundeskanzler Maneger ausrichten. Er ist von Ihren äußerst interessanten Gedanken zum Einsatz von Robotern sehr angetan und würde gerne einmal mit Ihnen persönlich darüber in kleinem Kreis sprechen.«

»Oh, da fühle ich mich aber sehr geehrt, liebe Frau Krampfbauer. Allerdings weiß ich nicht, ob ich dem Herrn Bundeskanzler eine große Hilfe sein kann. Wissen Sie, meine Ideen sind noch gar nicht so richtig ausgegoren.« Wenn die Dame wüßte, daß mir die anderen Parteien, abgesehen von den sich als außerparlamentarische Opposition gebärdenden MuM-Leuten, solche vertraulichen Gesprächsangebote schon längst unterbreitet haben. Zwar können die nicht mit einem Kanzler punkten, aber ein Ministerpräsident ist auch nicht zu verachten. Hauptsache, ich bekomme einen Fuß in die Tür.

»Seien Sie doch nicht so bescheiden! Nicht jeder bekommt nach so kurzer Zeit eine Einladung nach Berlin. Sie sind ein Senkrechtstarter, lieber Freund. Wir sollten so schnell wie möglich einen Termin ausmachen.«

Fabian Flasch hat sich wieder hinter den Kübel mit dem Lorbeerbaum zurückgezogen, um einen geeigneten Moment für seinen geräuschlosen Abgang abzuwarten. Er schaut von Hoffmann zu den Menschen und wieder zurück – es ist tatsächlich kein Unterschied zwischen ihnen.

Folgende Bücher von Wolfgang Sanden sind außerdem erschienen:

DAKTYLYSATOR ODER WICHARDTS SCHÖNE NEUE WELT
260 Seiten, Taschenbuch   (auch als E-Buch)
Ladenpreis € 13,80
ISBN 978-3-933431-85-1

Dortmund, in den 70er-Jahren des letzten Jahrhunderts: Der junge Familienvater und Informatik-Spezialist Friedrich Wichardt übernimmt einen Posten in der neuen Dienststelle zur Entwicklung einer Technologie für den elektronischen Fingerabdruck. Da Wichardt zunächst eine Wochenendehe führt, betätigt er sich abends als Hobby-Schriftsteller und entwirft ein düsteres Szenario über die Schattenseiten der neuen Technologie. Zunehmend verwischen sich für den Leser die Grenzen zwischen der »Realität« der ersten Erzählebene und der Fiktion des Romans im Roman. Zumal ein Erzähler am Werk ist, dessen Identität erst spät gelüftet wird und der auf allen Ebenen eine geheimnisvolle Rolle bei den immer bedrohlicher werdenden Ereignissen zu spielen scheint ... – »Daktylysator« zeigt, daß Ideologien selbst eine gegen Radikalismen hellhörige Demokratie zerstören können.

LETZTES KLASSENTREFFEN
140 Seiten, Taschenbuch   (auch als E-Buch)
Ladenpreis € 9,90
ISBN 978-3-86460-293-1

Als man sich 42 Jahre nach dem Abitur in einem abgelegenen Landgasthaus trifft, geht es natürlich in erster Linie um das Auffrischen alter Erinnerungen und die Frage, wie sich die Klassenkameraden in ihrem jeweiligen Leben eingerichtet haben. Einer unter ihnen allerdings ist mit Rachegedanken und einer Pistole im Gepäck angereist. Sein Leben wurde auf unglückliche Weise zerstört, und er hofft, den dafür Verantwortlichen hier anzutreffen. Hängt diese Geschichte vielleicht sogar mit dem Tod eines Mitschülers zusammen, der auf der Abschlußfahrt nach Wien auf tragische Weise verunglückte? Werden am Ende alte Rechnungen beglichen, wohlmöglich durch neues Unrecht?
Der Autor läßt den Leser lange im ungewissen, wer der Rächer, wer das ahnungslose Opfer, wer schuldig ist. Ein vielstimmiger Chor, der die Schicksale und die Gedanken der kurz nach dem Krieg Geborenen zur Sprache bringt, enthüllt nach und nach die ganze Wahrheit.

UND WISSEN IHR ENDE DOCH

216 Seiten, gebundene Ausgabe   (auch als E-Buch)
Ladenpreis € 14,50
ISBN 978-3-862370-97-9

Eine Reform der etwas anderen Art – die ehrgeizige Ministerin Ute Heerzig will den sprunghaft steigenden Kosten des Gesundheitssystems mit einem rigorosen Sparkurs entgegenwirken. Kern ihres Gesetzes ist eine Gesundheitsformel, mit der der wirtschaftliche Nutzen medizinischer Maßnahmen im Einzelfall geprüft werden soll, um »unnötige« Ausgaben zu vermeiden. Für eine Erprobungsphase vergibt die Ministerin die Ausgestaltung der Formel an ein gentechnisches Institut in der Schweiz. Die ersten Ergebnisse zeigen ein sensationell hohes Einsparungspotential, zumal die geheimnisumwitterte Methode Patienten aufzuspüren scheint, die wenig später unerwartet sterben, für die sich also eine teure Therapie nicht »gerechnet« hätte.
Über diese merkwürdigen Zusammenhänge stolpert eher zufällig Thomas Middelmann, Geschäftsstellenleiter einer Krankenkasse. Als er seine Beobachtungen seiner nächsthöheren Stelle mitteilt, ahnt er nicht, in welche Gefahr er sich und seine Frau Verena bringt.

DER FILMFÄLSCHER

211 Seiten, gebundene Ausgabe
Ladenpreis € 14,80
ISBN 978-3-939537-15-1

»Glauben Sie wirklich, eine verschworene Gemeinschaft wie die Staatssicherheit, Schutz und Schild der Partei, verschwindet von einem Tag auf den anderen spurlos vom Erdboden?« Diese Frage stellt ein gewisser Ronny Rogalla am Anfang eines Gesprächs, in dessen Verlauf er sich zu der Behauptung versteigt, die Stasi habe eigene Leute unbemerkt in hohe Regierungsämter gebracht. Ein Wichtigtuer oder jemand, der mehr weiß? Oder sitzt er nur einem Hirngespinst seines Bekannten Gerd Halberegg auf, dieses Sonderlings, der gefälschte Videos in das Internet stellt?
Ein Roman über Freundschaft, Verrat und Verschwörung, der mit der Realität spielt und am Ende eine überraschende Wendung nimmt.

PHYTOMANIA

116 Seiten, Taschenbuch   (auch als E-Buch)
Ladenpreis € 9,90
ISBN 978-3-864603-19-8

Können Pflanzen Schmerzen empfinden und dies sogar ihrer Umwelt mitteilen? Dies jedenfalls behauptet Petra Döbel. Als sie in eine psychiatrische Klinik eingewiesen wird, scheint sich die Frage erledigt zu haben. Doch eine Tageszeitung bringt den Vorfall groß heraus. Bald gehen sogenannte Philoplanten, die an eine Schmerzempfindlichkeit von Pflanzen glauben, für ihre Überzeugung auf die Straße. Als ein Pulver auf den Markt kommt, das als vollwertiger Nahrungsersatz das Verzehren von Fleisch, Obst und Gemüse überflüssig machen soll, nimmt die Geschichte immer verrücktere Züge an.

»Phytomania« ist eine Satire auf die gesellschaftlichen Befindlichkeiten unserer Tage, die durch die Neigung zu kollektiver Erregung und Verschwörungstheorien – beide durch die Geschwätzigkeit der Medien, insbesondere der »sozialen Netze« befeuert – gekennzeichnet sind.

In der Dagolf-Sennwang-Reihe sind bisher erschienen:

MORDSBEGINN

206 Seiten, Taschenbuch   (auch als E-Buch)
Ladenpreis € 12,90
ISBN 978-3-933431-77-6

So hat sich Dagolf Sennwang das Leben als IT-Spezialist nicht vorgestellt! Gerade als Berufsanfänger in die IT-Abteilung eines großen Konzerns eingetreten, wird er in den Mord an seinem Bürokollegen verwickelt. Da als Motiv Werksspionage nicht ausgeschlossen ist, schickt die Abteilungsleitung Sennwang daraufhin mit einem wichtigen Programmsystem, das nicht in die Hände der Konkurrenz geraten darf, zu verschiedenen Standorten. Als Kurier der erhebliche Wettbewerbsvorteile bringenden Software ruft er die Konkurrenten auf den Plan – und die sind bei der Wahl ihrer Mittel alles andere als zimperlich. Und auf der Sonneninsel Kreta erweist sich das als Belohnung für seine Verdienste gedachte exklusive Managerseminar als Brutstätte krimineller Umtriebe. Sennwang, frisch verliebt in die hübsche Seminarassistentin, gerät in ein Mordkomplott, das ihm das beinahe tödlich endende Wiedersehen mit einem international agierenden Verbrecher beschert.

AULENSTEIN

210 Seiten, Taschenbuch   (auch als E-Buch)
Ladenpreis € 12,90
ISBN 978-3-933431-65-3

Ein vielversprechendes Jobangebot lockt den IT-Spezialisten Dagolf
Sennwang, den Detektiv wider Willen in die oberfränkische Provinz.
Doch das »Institut für innovative Programmierung« mit Sitz auf Burg
Aulenstein, nahe dem ehemaligen Todesstreifen an der Grenze zu Thü-
ringen, ist nur auf den ersten Blick ein Arbeitgeber wie jeder andere –
tatsächlich erweist sich die dort entwickelte Software, mit der gezielt
Texte generiert werden können, als politisch hoch brisant. Schon früher
gab es einen mysteriösen Todesfall eines Mitarbeiters, dann wird erneut
eine Leiche gefunden, schließlich gerät Dagolf selbst in Lebensgefahr.
Daß er sich zwischen zwei Frauen, die beide ihr Geheimnis haben, nicht
entscheiden kann, macht seine Lage nicht einfacher. Bis zum mörderi-
schen Showdown im Bunker des Firmeninhabers weiß er nicht, wem
er trauen kann.

FALSCH KALKULIERT

209 Seiten, gebundene Ausgabe   (auch als E-Buch)
Ladenpreis € 19,80
ISBN 978-3-933431-99-8

Dagolf Sennwang, der Detektiv wider Willen, erneut in Nöten – und
ausgerechnet zu einer Zeit, in der es nicht nur wegen des anstehenden
Jahrtausendwechsels in seiner Firma brodelt! Er ist in den mysteriösen
Todesfall einer bekannten Numerologin verwickelt. Hat einer der selt-
samen Personen aus dem Bekanntenkreis der Toten etwas damit zu tun?
Oder gar der Ministerpräsident, der gerade einen Wahlkampf bestehen
muß? Warum bemüht sich die äußerst attraktive Iris Meyer, Tochter seines Professors, so hartnäckig um ihn? Erst langsam erkennt Dagolf die
wahren Hintergründe, die ihn zu einer folgenschweren Entscheidung
zwingen.

ZERRIEBEN
285 Seiten, Taschenbuch
Ladenpreis € 12,90
ISBN 978-3-939537-28-1

August 2000 – der wohlverdiente Urlaub in Kärnten fängt vielverspre-chend an: ein hübscher Ort am See, Wander- und Badewetter, nette Ur-laubsgäste, eine attraktive Pensionswirtin. Doch dann wird Dagolf Sennwang, IT-Spezialist und im Moment solo, Zeuge eines Attentats. Danach ist nichts mehr so wie zuvor. Unversehens gerät Sennwang zwi-schen die Fronten, wo es bekanntlich lebensgefährlich werden kann.

DAS ZWEITE BAND
192 Seiten, Taschenbuch   (auch als E-Buch)
Ladenpreis € 12,90
ISBN 978-3-746010-91-5

Dagolf Sennwang erhält durch ein Tonband mit der Lebensbeichte sei-nes plötzlich verstorbenen Onkels nicht nur eine interessante Lektion in Zeitgeschichte, sondern auch brisante Informationen über Personen und Ereignisse, die noch in der Gegenwart eine irritierende Rolle spie-len. Da ist beispielsweise Günther Buschmann, Ex-Agent und jetzt In-haber einer Firma für Mikroelektronik, der Sennwang den Posten des IT-Leiters anbietet – und den dieser nicht zuletzt wegen Buschmanns Tochter, der attraktiven Maren, annimmt. Während die Liebesdinge gut vorankommen, wird es in Sennwangs Umfeld zunehmend ungemütlich. Mehrere Unglücksfälle, merkwürdige Vorgänge und ein obskurer Be-kannter aus früheren Tagen bringen das Paar in größte Gefahr.

Wolfgang Sanden, 1946 in Hildesheim gebo-ren, übte nach Abitur und Mathematikstudium dreißig Jahre lang verschiedene Berufe in der IT-Branche aus. Unter anderem war er als Programmierer, Systemanalytiker, Berater, Qualitätsmanager und Ausbilder tätig. In jener Zeit konnte er sich dem Schreiben nur sporadisch widmen.
Heute arbeitet Wolfgang Sanden als freier Schriftsteller.